JN117448

アンビエンス
——人新世の環境詩学

高橋綾子

思潮社

アンビエンス——人新世の環境詩学

高橋綾子

思潮社

目次

装画＝赤松怜、装幀＝思潮社装幀室

凡例

1．本書の引用の翻訳は、記載したもの以外すべて拙訳による。

2．引用文献の該当ページ数を示す際には、アラビア数字で（　）内に記した。

3．外国部文献の邦訳書から引用する際には、適宜訳語を調整した。

アンビエンス——人新世の環境詩学

序章

人新世の環境詩学

本著は、ポストモダンから現代に至るアメリカと日本の八人の詩人たちの作品について、エコクリティシズム（環境文学批評）を基にした環境詩学（エコポエティクス）を通じて読み解く詩論である。エコクリティシズムとは一九九〇年代から、環境汚染、環境問題に対応して起こった文学批評であり、文学研究を通して、地球規模の環境問題に積極的に関与するという目的を有する。ただ、当初エコクリティシズムは小説、ノンフィクション、映画を批評対象としており、詩について論じるまでには少々時間を要した。だが従来の詩学研究に環境の視点を加えることによって、二〇一〇年頃から環境詩学の方法論が確立されてきている。詳細は後述するが、その方法論を端的に述べると、人間を取り巻いている物、動物や景観などとの相互関係から生じる感覚——アンビエンス——に着目することにある。

著者は、これまで現代アメリカ女性詩や日米環境詩の研究を進めるなかで、詩人たちが彼らの生活の周辺の世界との関係性、つまりアンビエンスの詩学を持ち、個人の問題を超えて普遍的な問題や価値を追求し、また同時に彼らが環境との関わりによって詩言語を有機的に変化させているのはなぜだろうかと、疑問を抱いた。またこれまであまり論じられてこなかったが、女性詩人たちがフェミニストとしての立場を肯定しながらも、そこに留まらず、エコクリティシズムの指標となる場所の感覚、生命中心主義、環境正義などの指向を有している点に着目してきた。一方日本に目を向けると、世界的には災害詩をエコクリティシズムから論じる事例はあるにもかかわらず、東日本大震災以後の日本の災害詩とエコクリティシズム及び環境詩学が接続されていない点にも漠然とした疑問をもっていた。これらの疑問に対し、環境詩学、エコフェミニズムというアプローチで解決できないかと考えたのが本著執筆の動機である。

では環境詩学によってどのようなことが見えてくるのか。ここで本著のアプローチである、アンビエンス、環境詩学を示すために、エミリー・ディキンスン（Emily Dickinson）の代表的な詩を取り上げてみたい。ディキンスンはアメリカ人にとって国民的な詩人である。第一章で取り上げるブレンダ・ヒルマン（Brenda Hillman）は、ディキンスンの研究者でもあり、『エミリー・ディキンスンポケット選集』（*The Pocket Emily Dickinson* edited by Brenda Hillman, 1995）を執筆している。第五章で論じるジェーン・ハーシュフィールド（Jane Hirshfield）は、自分自身の詩のルーツが、まずはウォルト・ホイットマン（Walt Whitman）、ディキンスン、そして松尾芭蕉であると述べている。引用を見てみよう（ジョンソン版三二八番）。

A Bird, came down the Walk —
He did not know I saw —
He bit an Angle Worm in halves
And ate the fellow, raw,

And then, he drank a Dew
From a convenient Grass —
And then hopped sidewise to the Wall
To let a Beetle pass —

He glanced with rapid eyes,
That hurried all around —
They looked like frightened Beads, I thought,
He stirred his Velvet Head —

Like one in danger, Cautious,
I offered him a Crumb
And he unrolled his feathers,

And rowed him softer home –

Than Oars divide the Ocean,
Too silver for a seam –
Or Butterflies, off Banks of Noon
Leap, plashless as they swim.

小鳥が小径をやって来た
私を見ていることには気づいていない
ミミズを半分に喰いちぎり
生のまま　そいつを食べた

それから　手近な草の
露をひとすすり
それから　ひょいと壁ぎわへ横っ跳び…
カブト虫のお通りだ

鳥は素早く辺りを見回した

視線はあたりを駆けめぐった
まるで怯えたビーズ玉のようだ　と私は思った
それから　ビロードの頭をブルンと震わせ

危険を感じたように　あたりに気を配る
私がパン屑を差し出すと
鳥は羽根をひらき
巣に向かってそっと漕ぎ立った

海面を分かつオールよりも静かに
銀色の輝きに軌跡も残さず
もしくは　真昼の土手を飛び立つ蝶のように
飛沫も上げず　泳ぎ去った（野田寿訳）[1]

本詩は、ディキンスンの詩の中でも自然との関連性が高い作品に位置づけられるであろう。五スタンザの詩だが、それぞれのスタンザにおいて、第二と第四行に脚韻を踏む。語り手である一人称の「私」が鳥を見ているが、鳥は三人称の「彼」（he）と表されている。第一スタンザと第二スタンザにおいて、語り手は鳥の食の行動観察を即物的手法で描写する。カブト虫が通り過ぎた後、鳥は他者の気配に気づく。その時の鳥の目を「怯えたビーズ玉」と比喩し、語りは、語り手と鳥の間に何らかの変化が起きたことを示し、詩の扉を開く。つまりここで、鳥の視点での描写に、人間の視点が徐々に加味されていくという変化が起きているのである。この感覚は人間と鳥が同時にその空間や時間を共有したことによる感覚でもある。第四スタンザで、語り手である「私」がパン屑を差し出そうとした瞬間に、鳥は飛び去るのではなく、「漕ぎ立っ」ていく。ここで、この鳥とは一体何を表しているのだろう、語り手自身の投影だろうか、などの疑問が湧いてくるだろう。ディキンスンの作品を分析すると、神に対しては「神」(God) を用い、二人称「あなた、あなたたち」(thee) を用いる際には、特定の相手または読み手を意識した場合が多いようだ。では、ここで「彼」(he) が用いられるのは何故だろうか。ここで注目すべきは、非人間である鳥を「彼」(he) と他者性をもって捉えている点だ。アメリカ文学者のスコット・ニッカーボッカー (Scott Knickerbocker) は、この詩は「"Caution"(注意)」が中心課題であり、「語り手の人間と鳥が感じている「注意」は決定的に違う。しかし、語り手は、非人間と人間との埋めがたい違いを維持する倫理的芸術的必要性を証明する敬意のある言語でこの空間を埋めている。この人間と非人間を隔てている空間に詩が生まれている。」と指摘する。つまり、鳥の他者性物質性の表現から、人間—非人間の関係が描かれている。また、ニッカーボッカーは、英語原文における"Oars" "Ocean" "Too" "for" "Or" "off" "Noon"のO音が、「口を開けたまま消え去ろうとしている鳥の不思議さを醸し出している。言語は脱親和性を経験し姿と音のレベルで語り手の野生の経験を活化する。」(Knickerbocker 3) と述べる。ゲーリー・スナイダー (Gary Snyder) は、「言語は、自然に進化した野性の体系」(Snyder: 1995, 174) と述べたが、ニッカーボッカーの指摘は詩言語の有機的生成を肯定し、音と詩の接点に着目している。このように、ディキンスンの詩を例にとれば、鳥の他者性、物質性を問題にすると同時に、人間とその周辺にある非人間との感覚を捉えなおしていくことが環境詩学の一つの方向性であると言えよう。

冒頭で著者は、一つ目の問題として、フェミニストとしての立場を肯定しながらも、そこに留まらない感覚や志向を持つ女性詩人に着目してきたと述べた。彼女らがいわゆるフェミニスト詩人と具体的にどう異なるのかを明らかにするために、本著で取り上げる詩人たちに影響を与えた女性詩人であるマリアン・ムーア（Marianne Moore）の「魚」（Fish）と、フェミニスト詩人エリザベス・ビショップ（Elizabeth Bishop）の同題の代表作を比較してみよう。

ブリンマーカレッジで生物学も専攻したムーアは、動物を題材にした作品を残した。モダニズムの人であり、後世の女性詩人にディキンスンに次いで影響を与えた。ムーアの「魚」は、水中のエコシステムを観察し、海と崖の殴り合いを挾んでまた水中に戻り最後は地球の営みにまで広がる大きな作品である[2]。あくまで対象は岸辺の絶壁であり、その精神性へとイメージが輻輳する。つまり魚そのものを描いた詩ではなく、死と生の特質に踏み込んでいる。「魚たちは　泳ぎぬけていく黒い翡翠の中を」で始まるムーアの「魚」には一人称の語り手は登場せず、対象は他者として描写されるが、一方ムーアに影響を受けたビショップの「魚」は、「私は途方もない魚を釣り　彼を舟の端に止めておく」で始まる。魚である「彼」との対決や攻撃性を描き、これを男性性と捉え、フェミニストの立場を表明する点が大きく異なっている。ビショップとほぼ同時代に、女性の抑圧された立場を表明し、克服しようとした詩人として、アドリエンヌ・リッチ（Adrienne Rich）を中心としたフェミニズム運動を展開した女性詩人たちがいるが、彼女たちは、これまで畏敬の対象だった男性詩人だけではなく、女性同士の絆を重んじた。そして、男性性の横暴さ、女性に対する暴力を追及し、その怒りの矛先を第二次世界大戦などの戦争批判に向けた。それについてリッチは「抑圧されてきた沈黙を詩によって開き、困難を克服する。」（Every poem breaks a silence that had to be overcome.）と述べている。

このように、フェミニスト詩人と比較してみると、ムーアの詩のように、本著に取り上げる女性詩人たちの詩における動物や事物が、それら自身を目的に描かれたのではなく、また、フェミニズムを超えて、その背後やその事物を幻視しているところに、有意な差異が存在する。この差異を生じさせる要因について、本著の背景となるエコクリティシズムと環境詩学という観点から各章でより深く、検討していく。

二つ目の問題である日本の災害詩と環境詩学の接続について述べる前に、主に英語圏での環境文学、エコクリティシズムの成立について概観しよう。自然環境を主題とするネイチャーライティング及び環境文学は、一九八〇年代以降、環境問題への関心や対応から、主にヨーロッパやアメリカで議論された結果生まれたジャンルであり、それらとともに環境との関係性を追求するエコクリティシズムが進歩を遂げてきた。ただ冒頭で述べたように、エコクリティシズムの対象は小説およびノンフィクションが先行した。そもそも環境文学研究は、北米ではローレンス・ビュエル（Laurence Buell）が『環境的想像力——ソロー、ネイチャーライティング、アメリカ文化の形成』（*The Environmental Imagination: Thoreau, Nature Writing, and the Formation of American Culture* 1994）において、環境危機の時代における文学研究としてヘンリー・ソロー（Henry D. Thoreau）に脱人間中心主義の想像力を見出したことに始まる。彼は次著『絶滅危惧の世界のために書く——アメリカ合衆国とその他の文学、文化、環境』（*Writing for an Endangered World: Literature, Culture and Environment in the United States and Beyond* 2001）で、環境汚染を物語る方法として「汚染の言説」を提唱、続く『環境批評の未来——環境の危機と文学的想像力』（*The Future of Environmental Criticism* 2005）で、レイチェル・カーソン（Rachel Carson）の『沈黙の春』における言説を「エコロジカル・アポカリプス」つまり、環境的終末論言説として提唱した。これらの環境的言説は環境文学批評の発展において意義ある方法論の確立である。

詩（後に「環境詩」と呼ばれる）に関しては、二〇〇〇年以降、イギリスのジョナサン・ベイト（Jonathan Bate）が、ワーズワース研究である『ロマン派のエコロジー——ワーズワスと環境保護の伝統』（*Romantic Ecology: Wordsworth and the Environmental Tradition* 1991）で積み上げた成果を土台に、『地球の歌』（*The Song of the Earth* 2000）において提唱したことに始まる。ベイトは環境政策を訴えるための言語ではなく、場所を語る言語のために、ハイデガーを論拠とする現象学的分析を行い、場所と人間との実存的観点から「住まう経験の表明」（Bate 42）を述べた。そして二〇〇二年にスコット・ブライソン（Scott J. Bryson）が、いち早く『環境詩——批評導入』（*Ecopoetry:*

A Critical Introduction）という論考集を編集した。ブライソンは、環境詩の三つの資質として、「生命中心の視点」、「人間と非人間の本性の関係における謙虚な眼差し」、「超合理主義に関する強烈な懐疑主義」を提議するが、環境詩の定義はこの段階では定まっていない（Bryson 23–25）。そもそもアメリカでは、二〇一〇年頃までは、環境文学批評の観点が従来の詩学研究に組み込まれるだけであり、環境詩、環境詩学自体の議論がなされないままであった。しかしながら、本格的に「環境詩学」が討議されるようになったのは、英文学者のアンガス・フレッチャー（Angus Fletcher）の『アメリカ詩のための新理論――民主主義、環境、想像力の未来』（*A New Theory For American Poetry* 2004）が嚆矢である。そこで環境詩学とは「周囲や世界を取り巻いている感覚をくみ上げる方法、つまりアンビエンスの感覚」、つまり、人間、非人間にかかわらず、その周辺との相互関係によって生じる感覚によるものであると述べられ、さらにケイト・リグビイ（Kate Rigby）が「既存の詩学研究に生態学的、環境的な視点を組み込む」（Rigby, 2009）ものと定義した。先に引用したディキンスンの詩も、語り手である人間の「私」を取り巻く「鳥」との関係を捉える点で、アンビエンスに関わる感覚というフレッチャーの見解に共鳴する。フレッチャーとリグビィの提唱の後、環境詩学においては人間、非人間にかかわらず、それらとその周辺の相互関係によって生じる感覚をとらえるという一定の見方が定まっている。また、環境詩学がエコクリティシズムにおける生命中心主義、場所の感覚、エコメミーセス（エコロジカル疑似物、ネイチャーライティング）等の観点を共有しながらも、環境詩学として固有の観点、つまり、非人間や事物との交感や相互関係の表象とその言語化、詩言語の有機的な生成の在り様、人新世および気候変動という地球規模の環境への影響力を詩の言

語、形式、シンタックス、文法に反映するかが討議されている。それでは、エコクリティシズムと日本の文学との関係はどうだろうか。

日本とエコクリティシズムについては、野田研一を中心に日本文学とエコクリティシズムの接続がなされる一方で、原爆文学や環境汚染を題材にした小説、ノンフィクション、絵本を中心に研究が蓄積されている。近著で注目されるものに、石牟礼道子作品におけるエコクリティシズムの側面を収めた論考集 *Ishimure Michiko's Writing in Ecological Perspective: Between Sea and Sky*（二〇一五年）があり、熊本の水俣病を描いた『苦海浄土』が、エコクリティシズムによって導かれる観点の共有により、グローバルな環境文学として論じられている。だが、東日本大震災をはじめ、災害をテーマにした多くの詩歌が描かれたにもかかわらず、論じられている事例は少ない。本著では日本の現代詩人高良留美子、和合亮一を取り上げるが、この二人の詩人を環境詩学及び環境文学の観点から論じることで、その接続の突破口にしたいと考えている。

また本著で取り上げる六人のアメリカ女性詩人たちはフェミニズムへの親和性は認められつつも、厳密な意味で文学史的にはフェミニスト詩人として位置づけられておらず、一九九〇年代頃までは、男性詩人の活躍の影に隠れることもあった。しかしながら、彼女たちは今日のアメリカ詩壇を代表する詩人としての立場を確立し、昨今の社会問題、気候変動に積極的に関与してきている。また、二〇二〇年、ルイーズ・グリュック（Louise Glück）がノーベル文学賞を受賞したことは、二十一世紀の現代アメリカ女性詩人ルネサンスを実感させるものであった。一九九七年にアフリカ系アメリカ人トニ・モリソン（Tomi Morrison）が女性作家として初の受賞、そして今度のグリュックの受賞は、女性詩人としては初の受賞と位置づけられる。グリュックの受賞は、アメリカにおける女性詩人の裾野の広さ、層の厚さを示すものである。グリュックは、一九七〇年代においてはフェミニストの詩人として位置づけられたこともあったが、それ以降、詩的変化を遂げ、フェミニスト詩人の枠に収まり切れない豊かさ、難解さ、芸術的洞察のあふれる作品を発表している。彼女らの豊かな世界を論じることは、環境詩学においてさらなる実りをもたらすだろう。

現在「人新世」への議論が高まっているが、本著で論じる詩人たちの詩の分析は人新世の議論とどのように接続しうるだろうか。そもそもこの概念は、二〇〇〇年、ノーベル賞を受賞した化学者パウル・クルッツェン (Paul J. Crutzen) と生物学者のユージン・ストーマー (Eugene F. Stoermer) による「人間活動が惑星をあまりに変化させたため、人間にちなんで名付けられた人新世という新しい地質学的年代に入った」という提唱に始まる。この提議により、地球の破壊を危惧する様々な分野において「人新世」に関する討議が開始されることになった。経済学を例にとれば、ドイツの経済学者ウルリッヒ・ブラント (Ulrich Brand) とマークス・ヴィッセン (Markus Wissen) は、植民地主義を背景としたグローバル・ノース (主に北半球に偏在する先進国) によるグローバル・サウス (主に南半球に偏在する発展途上国) の人や自然の搾取構造を「帝国型生活様式」と呼んだ。そしてこの「帝国型生活様式」は第二次世界大戦後のアメリカが牽引する新自由主義のもと、グローバル・ノースによる富の蓄積に対して、「気候変動、生態系の根絶、社会の分極化、多くの人々の貧困化、地域経済の破壊、あるいは地政学上の緊張の激化といった危機現象を、世界の多くの地域において先鋭化させている」(Brand & Wissen 7) と述べる。この問題について、アメリカ現代詩ではスナイダーがすでに一九七〇年代の詩集『亀の島』(*Turtle Island*) において、「この文化(西洋文化)には、何か持ち前の悪が潜んでいて、それが環境危機の根源にあると思われるから。この環境危機もその根は古く、特に過去一〇〇〇〇年の間に蓄積されてきた」とし、これが西洋文化に留まらず、世界各地に存在していたことを次のように述べているのは注目に値する。

> 中国はA・D一〇〇〇年までに森林を強力に切り開く。インドはA・D八〇〇年までに森が強力に切り開かれる。中近東はもっと早い時代に土壌が荒廃した。という古い時代。ユーゴスラヴィアで、山々の森はローマ艦隊建造のために裸にされ、その山々は合衆国ユタ州のようだった。南イタリーとシシリー島の土壌は、ローマ帝国の奴隷制農業のために荒廃地となった。北米大西洋岸の土壌は独立戦争以前の煙草単作農業のため強力に荒廃。これらと同様な破壊力が、東洋でも西洋でも地球に対して加えられている。(Snyder 1974: 106–7)

スナイダーは、『亀の島』で人新世という言葉を使用することはなかったが、人間中心主義が招く「地球の危機」をいち早く指摘、本詩集がピューリッツァ賞受賞を経て、北米の環境主義を牽引してきたことは言うに及ばない。人文学研究における人新世の概念は、その後、マヌエル・デランダ(Manuel DeLanda) を中心とした「新唯物論」が討議された後、インドのディペッシュ・チャクラバルティ(Dipesh Chakrabarty) の二〇〇九年の論文「歴史的気候——四つのテーゼ」を経て、物質性を追求する論点が定まりつつある。それはつまり篠原雅武の言葉を借りれば、「文理融合的な知」であり、「人間の条件の事物性を、人間ならざるものの領域の広がりのなかで見つめ直すにはどうしたらいいか」（篠原 17）という問題にある。篠原のこの見解は、本著で展開する環境詩学を通して先鋭化される他者性・物質性という問題意識に共振するものである。しかしながら、環境詩学においては、詩的感覚や交感といったもの、すなわちディヴィッド・エイブラム（David Abram）が展開した「人間以上の」感覚とも言うべき感覚がその物質性と他者性に伴ってくる。リン・ケラー（Lynn Keller）は、人新世という語により、人類の文明に対して不遜の感覚や用心深さを生成することを指摘したが、「環境人文学と科学がともに広く社会的、倫理的、政治的重要性をもって対話すること」（Keller: 2017, 7-8）の重要性を述べている。つまり、この人新世を巡っては分野横断の議論が重要であり、本著も詩学研究から人新世の問題に貢献したいと考えている。

最後に、本著の各章の概略を付す。第一章では、アメリカの環境詩人、環境アクティビストのブレンダ・ヒルマンを取り上げる。ヒルマンがフェミニストたちの実践から環境詩を生み出すプロセス、彼女自身のテーマとなる環境荒廃、環境正義について、最後にアクティビストとしての使命について考察する。

第二章では、福島の現代詩人和合亮一の災害詩について、汚染の言説、アポカリプス（環境的終末論）、物質性への指向を論点とし、日本の災害詩とエコクリティシズム、環境詩学との接続を試みる。

第三章では、高良留美子を論じる。高良は、これまでフェミニストの詩人、批評家とみなされてきたが、女性としての個人的問題と資本主義や文明批判等の普遍的問題との繋がりに着目し、エコフェミニスト、そして、昨今の人新世の議論への接続を考察する。

第四章は、アン・ウォルドマン（Anne Waldman）を取り上げる。彼女はアウトライダーの詩学を確立したが、それが有する複雑性はこれまで議論されてきていない。フェミニズムからエコフェミニズム、一連の動物詩における非人間への理解、詩における異種とのコミュニケーションに焦点を当て、その複雑性を解明する。

第五章は、アメリカ現代詩人ジェーン・ハーシュフィールドの二〇一〇年以降の作品に着目し、詩における知覚的挑戦、アポカリプス、焦眉の急、環境的悲哀について考察する。

第六章において、アメリカの詩人、作家C・D・ライト（C.D. Wright）について、フェミニズムを表明した言語詩、そして、詩集『深い影にたたずんで』におけるブナの木と人間との関係性について、人間の時間から離れた深い時間の観点から論じる。

第七章は、ルイーズ・グリュックの詩における語りに着目し、他者の理解を拒む語り、神話を題材とした語り、『野生のアイリス』における語りについて考察していく。

最終章となる第八章は、ジョアン・カイガーの一九七〇年代以降の詩について、バイオリジョーナリズムや場所の感覚の視点から捉えなおす。

このようにして本著で展開する環境詩学は、人間と非人間、その取り巻きとの関係における物質性、及び他の可能性を追求するものである。また、同時に「人新世」に関わる論点と環境詩学とがいかに接続するか、これらの詩人の作品を通して考察していきたい。

第一章　ブレンダ・ヒルマン
——環境詩学を牽引して

Brenda Hillman,
photo by Robert Hass

汚染物質と人新世

ブレンダ・ヒルマンは、一九五一年にアリゾナ州ツクソンに生まれ、カリフォルニアのベイエリアの文学コミュニティで活発な創作活動および社会運動を行う女性詩人である。カリフォルニアの風景、自然、生物、そして環境正義、人権侵害の問題などをしなやかに、情熱的に詠う詩が特徴だ。代表作は、カリフォルニアの自然や地質学と環境退廃を取り上げた、二〇〇一年の『カスカディア』(*Cascadia*)、またカリフォルニアの水問題を取り上げた二〇〇九年の『実用的な水』(*Practical Water*)ではロサンゼルスタイムズ図書賞を受賞した。現在、聖メリー大学カリフォルニア校で教鞭をとり、アメリカ詩人協会理事を務めている。近作に二〇一八年に刊行した詩集『日常における余分な隠れた生命』(*Extra Hidden Life, among the Days*)がある。ヒルマンは、環境詩学討議にも積極的に関わっており、しばしばその発言が引用されるなど、環境詩学だけでなく、環境人文学からも注目される詩人である。

本章では、人新世という概念におけるヒルマンの代表的な環境詩、環境詩学への関与、政治性、アクティビズムについて考察していきたい。

そもそも人新世の概念は、詩学にどのような影響を与えたのだろうか。エヴェリン・レイリー（Evelyn Reilly）の問題作『発泡スチロール』（Styrofoam 2009）を取り上げよう。『発泡スチロール』は、「解答：発泡スチロール　不死／質問：どれくらいもつのか」で始まり、ギリシャのミイラを例に、肉体がミイラ化しても身に着けていた鞄は永遠に生き続けることを描き出し、「解答：物質が意義ある時間において生分解されるという誤った概念」（Reilly 9）として、人新世と化学物質の問題を提議している。ティモシー・モートン（Timothy Morton）は、レイリーの『発泡スチロール』の発表の後、「超物質」（hyperobjects）という言葉を、「つつましい発泡スチロールから脅威となるプルトニウムに至る物質まで現在の社会と生態学の形態を保ったまま存在する」（Morton 130）として提議した。これは、「超物質」が人間によって作られた物質であるにもかかわらず、人間の時間の枠を超えて長く生存するだけでなく、人間や他の生物のホルモンや遺伝情報をも変化させて、地球の生命を劇的に変化させることを意図している。

詩集『カスカディア』が発表された二〇〇一年当時は、日本でもダイオキシン特別措置法が一九九九年に施行されたように、ダイオキシンの有害性が認識され、それへの対策がなされ始めた時期である。本詩集に収められた「ダイオキシンの夕暮れ」（DIOXIN SUNSET）に現れる「エルパソ」は、北米テキサス州西部、ニューメキシコ州の南、メキシコとの国境に近い町であり、ダイオキシン汚染が問題となった都市である。ダイオキシン類は有機塩素化合物で、塩素を含む塩化ビニール等の物質や人間の廃棄物の主に不完全燃焼によって発生する。したがってダイオキシンも、発泡スチロールと同様に、人体、環境に悪影響を与える「超物質」であることを念頭に置いて、この「ダイオキシンの夕暮れ」を読んでみよう。全文を引用して考察する。

There was a hurt that lay between two colors,
　a shade not resolved in the mind
　　because it is the mind.

An envy had tried to exceed itself
　in the marsh between pink and orange.

You don't let it, you blend them; in this, the contract
　to live anyway.

(*sequence of*)

Past farms — (*sequins of*) — past rows
　as satisfying as running a thumbnail
on the tines of a dimestore comb.

Wispy haze near Paso Can't-tell-yet,
  a mission where the earth's throat was sore.

Pink can be proud when you see it, making conquests,
  the double ") (" of
  a confident sun Drake must have watched going down
  first as a vase, then as a pan

(*seasons of*)

Once you commit to a color, you take on its weakness: life : death, 2:1.
  Its power was so great we could not kill
  our envy. (Why won't other
  painters say this.) In talking back to the runny
  coast, new actions form.

(*glow*)

(Hillman: 2001, 24)

傷の痛みが二つの色の間にあった
　心には解けない色合いだった

なぜならそれが心だから

羨望はピンクと茶色の間の沼地で
　自分を越えようとしたことがあった
そうさせるな　あなたがそれを　混ぜてみて。この中には、ともかくも
　生きると言う契約がある

(の連続)

農園を過ぎ　(のスパンコール)　家並みを過ぎ
　百均にあるような櫛の歯を
　親指の爪でなでるように満足させるような
まだ何か分からないエルパソの近くのかすかな靄
　地球の咽喉が痛むような使命。
ピンクは見られたら自信をもち、征服する
　二重『』の

(季節ごとの)

　ドレークはそれが沈んでいくのを見たに違いない自信に満ちた太陽

最初は壺、次に鍋として。
一度ある色に関わると、その弱さを引き受けることになる、生死は二対一、
その力はとても強いから我々の羨望を抑える
ことはできなかった（なぜ他の
画家はこれを言おうとしないのか）液状の海岸線に
言い返していると、新しい行動が形成されてくる
（輝く）

まず、タイトルの「ダイオキシンの夕暮れ」からして、毒性物質と美しい自然現象の不釣り合いな言葉の組み合わせで驚かされる。第一スタンザでは、二つの色の間に「痛み」があると言う。二つの色はここでは明らかにされないが、第二スタンザにおいて、それらは地平線に見える太陽の光であるピンクとその影の色のオレンジ（茶に近い）であることが分かる。地球は夕暮れの太陽により、地平線としてその存在が可視化されるが、ここで言う「痛み」とは汚染による地球の痛みであり、この痛みもまた可視化されるのである。そして痛みの存在により影が生まれ、羨望が、太陽のピンクと「影」の茶色の混ざっ

『カスカディア』

た部分、「沼地」を越えようとする。第三スタンザでは生きるために、それらを混ぜることになる。第五スタンザに現れるエルパソでは、ダイオキシンの汚染が広がっている。メキシコとの国境近くで環境汚染が広がる事実に、資本主義や植民地主義の論理が前景化される。次に第六スタンザで登場するのは、大英帝国の冒険家で世界一周を成し遂げたフランク・ドレーク将軍である。太陽は「ピンク」というメタファーで表され、一般的に「太陽の沈まない国」と呼ばれた大英帝国の繁栄を推進したドレークは、航海を繰り返しながら、「自信に満ちた太陽」の様々な姿（ここでは「季節ごとの」と挿入される）を見たのではないかと投げかけられる。注意すべきことに「自信に満ちた太陽」にはダブルコーテーションを付けていない。「自信に満ちた太陽」は大英帝国の繁栄、植民地主義の推進、資本主義の邁進を示すメタファーであり、同時に人新世における環境退廃の元凶ともいえる人間活動の原点でありながら、なぜダブルコーテーションの中を抜いてしまったのか。ダブルコーテーション、「the double "」（" of」の中を抜いた理由は、空洞化を暗示し「自信に満ちた太陽」が持つ残忍な未来像を予見させるためではないだろうか。ティモシー・クラーク（Timothy Clark）は、「人新世における「超物質」の側面は物質への基本的な知覚において、不釣り合いや不調和の感覚の劇化や、または関与する詩への微妙な反応に見出すことができる」（Clark 71）と述べるが、これはヒルマンの詩におけるダイオキシンの毒性と自然現象の夕暮れとの組みあわせや、メタファー「自信に満ちた太陽」と環境退廃の前景化に共鳴するだろう。また、この詩における地球は、人間と非人間を含む存在として捉えられており、ダイオキシンという病魔から被害を受ける肉体でもある。クラークはまた、「人間の体は一種の境界の物質となり、自然／文化的雑種性がこの流動的な境界の崩壊や錯乱を明示することを可能にする。」(Clark 74)と述べている。この見解と、ヒルマンが「ダイオキシンの夕暮れ」において、地球という肉体が汚染物質との境界にあり、ダイオキシンとの闘いによって生み出された「痛み」を示すことに重要な接点を見出すことができる。これは、人体と外的な環境との物質的相互関係が汚染された人新世の産業社会において、人間と非人間がいかに危険にさらされているかを示すものでもあるだろう。

それでは、ヒルマンにとって、一体詩はどのような存在なのだろう。ヒルマンは、詩と環境との関わりについて、早くから「環境詩学」に注目してきた。「「環境詩学」という用語は狭いものを意味するのではなく、環境との詩的関係について対話を広げることであろう。」(Interview 2012)と述べている。この「環境との詩的関係について対話を広げる」という提議は注目に値する。これには詩のもつ言語的可能性と環境が接したときに生じる様々な感情、様態、予見などが含まれるだろう。事実、ヒルマンは「ダイオキシンの夕暮れ」では、「超物質」としてのダイオキシンと、ダイオキシンに接する地球について、詩言語の有するメタファー、紙面のパンクチュエーション、ラインブレイクを相互に作用させながら、ダイオキシンによる地球の「痛み」と、それに対する悲哀、癒し、希望を見出していこうとしている。それでは、さらに、ヒルマンの環境との接点を描いた詩を取り上げてみたい。

詩の実験

先述の「環境との詩的関係」とは、環境を知覚し詩にするプロセスを指すだろうが、続いて、環境退廃や汚染を描くその手法にまず着目してみよう。「カスカディア」の冒頭を引用する。

Californians aren't good at merging
Ellis Motel　　Little mirrors in his spine
Cascadia didn't merge it floated
Tulelake　　Why did the chicken cross the ocean
Get someone to help you do it
A poem touches its margins gently (Hillman, 2001, 59)

カリフォルニア人は一体化が苦手
エリスモーテル　　彼の脊髄にちっちゃな鏡
カスカディアは溶け込まず漂った
ツールレイク　　なぜチキンは海を渡ったか
だれかに君がそうするのを手伝わせよう
詩はその端に優しく触る

カスカディアとは、北米太平洋岸北東部に位置しカリフォルニア州やオレゴン州が生まれる前に、分離独立運動から提案された名称である。同時にオレゴン州、ワシントン州、カナダのブリティッシュ・コロンビアなどを含む同じ生態地域を指す地名でもある。よって、カスカディアと呼ぶ場合は、現代の地政学上の名称ではない。原書では紙面左側に「エリスモーテル」と「ツールレイク」が薄い印字で標記される。左側では現在の地形や人工物を、右側では古の自然や地質学的特徴を描写しているようだ。つまり紙面の左右で現在と古という時間が対称化されているのである。ヒルマンはこのような詩的手法について、次のような見解を述べている。

詩が詩の形式を用いて、環境退廃を表現することができるか。断片的手法が環境詩に適しているか。同様な問いが一九九〇年代初期のフェミニストたちの実験詩において提議されました。断片的なあるいは非連続的技法が、この非連続的な日々についての作品により適していると詩人たちは考えたのです。私はこれだと思いました。これまである種の環境文学作品においてほとんどが男性によるものであるという伝統に遭遇してきました。「カスカディア」という作品は地質学的な特徴における、プロセスを重視した感情的な状況、半途で終わり、記号的表記、荒っぽく、構文的にバラバラに形成され、心理的かつ感情的経験を記録する衝動から生まれました。(Lynn & Amy 96)

この引用部分でも述べられている通り、「カスカディア」では、断片的な描写が組み合わされて一つの詩が形成されている。断片的であるがゆえに、つながりが分かりにくい場面もあるが、それは敢えて意図的になされた構成である。ヒルマンの見解で注目すべき点は、フェミニストたちの

「断片的なあるいは非連続的技法」を用いながらも、フェミニストたちが女性の権利の回復や多様な性の在り方の主張を目的にした点とは異なり、環境退廃への共振を焦点化した点にある。
それでは、さらに、ヒルマンのプロセスを重視した詩的実験を捉えていきたい。次の例は、「日常における余分な隠れた生命」からの引用である。

Sometimes　,　when i'm
　very tired　,　i think
of extremophiles　,　chemolithoautotrophs
　& others with　power for changing
　not-life into lives　,　of those that eat rock
& fire in volcanos　　,　before the death
of the world but after　the death of a human（Hillman, 2018, 22）

時々　とても疲れているときに
極限環境微生物、化学合成無機栄養生物のことを考える
また、他の、非生命から生命に
変化させる力をもつものたちのことを、火山の岩や火を食べるものたちのことを
世界の死の前であるが一人の人間の死のあとに

この詩は詩行のプロセスを重視した、実験的なものである。本来ならば句や動詞を形成する手助けとなるべき前置詞of、そして定冠詞theを敢えて中央に配置している。突然のラインブレイクもあり、実験的な印象を与える。シンタックスにおいても、同時に視覚的にも言語形成のプロセスが表現されている。興味深いことに、このようなプロセスを重視したスタイルを持ちながら、彼女の関心は藻類と共生する地衣類と修飾である隠喩と直喩の近似性にある。そのことを考察するために、ここで隠喩と直喩についてのインタヴューを参照してみよう。

> 地衣類は直喩と隠喩に似ています。なぜなら、彼らは二つやそれ以上のものが一緒になって、菌類と藻類、また別の要素もあるとわかるからです。多分、酵母(イースト)です。これは共生が可能であることを示します。直喩と隠喩において、物事は一緒になります。そして、地衣類において、菌類と藻類が一つの層になって、真菌類の一つの層になって、お互いをサンドウィッチのようにしています。根っこの形成はない。隠喩の良い模範、その働き方が。(Julia Fiedorczuk 14)

メタファーの形成と地形や地質学的関心、地衣類や苔類への関心とが同次元で展開し、それら生と死を繰り返す生命の形成過程に詩的なエネルギーを感じていることが分かる。このようにして、ヒルマンの環境的想像力は、人間、非人間の生命感との深いつながり、それらの表象によって形成されている。隠喩や直喩の形成においては、地質学的な、菌類的な形成と同じようなプロセスを持つエネルギーを帯びたものとして表象されている。ヒルマンの詩的言語では、地質学的、菌類的なプロセスをもつ言語形成のエネルギーを表現しているのである。

ヒルマンの環境詩と政治性

次に、ヒルマンのアクティビストとしての側面を考察したい。『日常における余分な隠れた生命』に収められた「アニミスト同調者の内的抗議行動」(Crypto-animist Introvert Activism) を引用したい。

一つの俳文

ここ十年間、わたしたちは毎週学校の昼休みに、ドローン、人種差別、州の殺人、種の絶滅などを抗議するのに立っている。私たちは生きている樫の木の下で立ち、人々は歩いてはそのわきで昼食をとっている。私たちは、ポスターを掲げている。不条理な状況や全く変わらないことについて。

時々、善良な医師アリがボブ・マリー(1)の音楽ボックスを持ってきたり、私たちが道でふざけて踊ったりしている。変化は一緒にやってくる。ボブ・マリーが私たちを支えてくれているように、肯定的なことも否定的なことも一緒に起こる。セサル・バジェホ(2)はリスの背中にいるのみのように踊る。ブレイク[3]とバラカ[4]は岩の中の植物の微生物のように踊る。彼らがそうしないという証拠はない。科学上、ガは生きている樫の木のなかで踊り、彼らのせっせと粉をつくる仕事をする。抗議は不条理だが、このような形態の不条理を称賛する。革命が来たら、モラガセーフウェイの礼儀正しい白人の母親たちは砂糖付きのシリアルとバーベキューソースをまだ買いに行くであろう。時が来れば、誰かが立ち上がり、誰かが踊り、誰かが体をひれ伏す。

Crypto-animist Introvert Activism

a haibun

Every week for about a decade some of us at school have been standing at lunch hour to protest drones, racism, state killing, the death of species & so on. We stand under a live oak while people walk by on their way to lunch. We hold up the signs. It's an absurd situation & it changes nothing.

Sometimes the good doctor Ali brings a boom box with Bob Marley & we dance ineptly on the pavement. The changes fall together. Positive & negative fall together as Bob Marley sustains us near the tree. Cesar Vallejo dances as a flea on the back of a squirrel. Blake & Baraka dance as lithophilic microbes inside the rock. We have no proof that they don't. The science moths dance in the live oak & go about their work of being powdery. The protest is absurd but i admire these forms of absurdity. When the revolution comes, the polite white mothers in the Moraga Safeway will still be shopping for sugary cereals & barbecue sauce. When the time comes, some will rise & some will dance & some will lay our bodies down.

「アニミスト同調者の内的抗議行動」原文

ここからはランチタイムに気軽に、日常的に抗議行動を行うというスタイルであることが分かる。本人からの回答によれば、「ここ十五年間、毎週水曜日外に出て、およそ三十分間、社会正義や環境正義のポスターを持って立っている」(Personal Interview)という。その抗議内容は「不条理な状況や全く変わらないことについて」とあるように、社会正義と環境正義に関するポスターではあるが、人によっては例えば、「Wage Peace」、「NONVINOLENCE FIRST」、「BLACK

LIVES MATTER」などのポスターを掲げて、ランチに行く人たちの通り道に立つ。詩に挿入されている写真により、「詩の同時的報道性」(the spontaneous reportorial quality of the poem) を伝え、抗議行動を行う様子が伝わるのである (Personal Interview)。抗議の様相は、時に音楽を伴うダンスとなっていく。「時が来れば、誰かが立ち上がり、誰かが踊り、誰かが体をひれ伏す」。これはヘンリー・ソローの「市民不服従」以来の伝統であろう。

この「アニミスト同調者」とはヒルマンの立場を示し、本人の回答によれば、「二〇〇四年以降の反戦運動を通して形成された」作品ということだ。二〇〇一年九月十一日の同時多発テロをブッシュ政権はアルカイーダによるテロと断定し、以降タリバーン政権下のアフガニスタンに報復の空爆を行った。また二〇〇二年以降にはイラク、イラン、北朝鮮を「悪の枢軸」と称して、テロとの戦いを推し進めた。二〇〇三年三月、イラクの大量破壊兵器の保有について国連の査察を継続すべきという国々の反対を押し切って、米英軍がイラクに侵攻。米国内では、イラク侵攻に対して反戦運動が起こった。しかしヒルマンは「精神世界を組み入れない、生命感がない政治詩的なやり方に関わりたくなかった。詩によってはすでに死んでいる先祖や岩などの声に関わっています。町での行動や抗議運動の際にも、私はただ非人間の種、地衣類、苔類、バクテリアの声だけを考えます。」と述べているように、これは、それらの生命と死の循環から築いた独自のアニミズムなのである。

形式については、「A haibun」(俳文) とあり、俳句と散文を組み合わせた日本の文学形式を翻案している。「俳文」に関しては、第五章で論じるハーシュフィールドが、スナイダーの『絶頂の危うさ』(*danger on peaks*) の中の「風の中の塵」を例示し、「俳句と散文の組み合わせである俳文が環境詩学の一つの形式を示す」と興味深い発言をしていたことにいくらか共鳴する。一つの詩が複数の詩の種から形成される多様性が生態系を顕すのだ。

詩の形式としては口語散文詩であるが、抗議行動をしている写真が散文の半ばと終わりに挿入されている。本人によれば「俳文の伝統に沿っておらず、実験的な俳文で、「詩行」がただの写真となってもいる」という。また写真が挿入されている点については、「ミックスしたメディアを伝えるため。アルバムのような構成」であると回答している。最終行の「時が来れば、誰かが立ち上がり、誰かが踊り、誰かが体をひれ伏す。」では、環境詩学における慈愛、癒しの手法がとられている。このようにして、「アニミスト同調者の内的抗議行動」は生態的なテキスト構成と社会正義のテーマを持ち合わせているのである。

ヒルマンがアメリカ社会における銃問題を取り上げた詩、「家族は家庭用銃を売る」（The Family Sells the Family Gun）を引用しよう。これはヒルマンの家族が家庭用銃を持つことを放棄し、それを売ったことを元にした「物語詩」である。語り手の兄が銃の置き場所を見つけ、段ボールに入っていることを確認する。その銃は、膝を怪我して戦地に赴くことがなかった亡父が譲り受けたドイツ製のルガーだった。アリゾナ州では銃所持が認められているため、バッグに入れて警察に届けることもできるが、警察官を撃つこともできる武器を持って警察署に届けることはできない。そこでツーコンの若い警官に来て確かめてもらう。そのくだりに次のような詩文がある。

私は兄たちがどのように考えるか予想できなかった——悲劇のように感じるだろうか、表裏一体である――父の亡霊が背の高い夏のように立っていた、それはあたかもハムレットの父が日中にだけ顕れ、人々に殺しあわないようにさりげなく告げ、劇中の演技をいまだに制御しているかのようだ。（Hillman: 2018, 38）

アメリカ社会における銃と男性の意識との相関がいかに根深いものであるか、簡単には銃を放棄することができない現実を物語っている。ハムレットの父がハムレットの前に現れたように、ブレンダの父も息子たちに「殺しあわない」平和を保てる世界を霊界から懇願する姿で現れるのである。このように、ヒルマンは複雑化を増すアメリカ社会の様々な問題に対して、自発的に社会活動を継続しているが、これまで詩人としてどのようなプロセスを経てきたのであろうか。ヒルマンは「バークレーに移ってきて、詩における政治性がますますフェミニズムや詩的実験と関わっている。多種な政治詩から多くのことを学んでいる。」（Poetry Society of America）、「イラク戦争以来、政治運動に関わってきた。」と述べ、また次のような見解も述べている。

私は街に出かける時に、必要とあれば抗議する詩をいつも持ち歩きます。部屋にばかり籠って書き物をして敏感になってばかりいられません。ツイッターでもあなたが書いている詩でも、外に出る手段となり、多くの人々に知らせる手段となるのです。しかしまた詩人は自分自身にも言えますが、週に一度は詩の他に政治的な活動をしなくてはならないと考えています。なぜなら、詩はすべてを変化させることはできないからです。（Personal Interview 2019）

ヒルマンの詩における政治性を考える上で、重要となる点は、「詩が変化の原因となるのではなく、詩は変化に寄り添うものだ」(Interview 2019) という見解である。この考えは、モダニズムの詩人ウォレス・スティーブンズ (Wallace Stevens) から影響を受けている。

詩人の使命は心の形成を世界との関係に持っていくこと――想像力の価値、不確かさの価値、強力な凝縮した言語の価値をもって。――これらは昨今の環境危機に異議を申し立てる良い手段です。詩人と学者は知覚のために創造的な空間を創出し、科学や夢で未知の世界を照らし、知や言語の変化の本質を見極め、革新的な行動や精神的な実践をもたらさなくてはなりません。詩人は再生し、尋問し、一つの文化の言語をくつがえすことができます。極めて内側にあることを外側にもたらすことによって、心の状態から言語的な物体を作ります。詩はより大きな社会と、公衆、個人、心の問題、見えない世界、我々の内側や外側にある自然を表明することによってより意識化させ、また感情の不可能な状態や社会的な事柄を言語化することによって、関係を構築することができます。(Lynn & Amy 97-8)

ヒルマンは詩言語を用いて、「創造的な空間を創出」し、これが「環境危機に異議を申し立て」、「我々の内側や外側にある自然を表明することによってより意識化」しうると述べる。つまり詩の具体的な機能が構築されているのである。このように見てくると、詩人としての言語表現とアクティビズムは別次元のものではないようだ。「アニミスト同調者の内的抗議行動」における報道的同時進行的作用をもたらす写真の挿入に彼女のアクティビズムが反映されていると言えよう。

本章では、人新世という概念におけるヒルマンの代表的な環境詩、環境詩学への関与、政治性、アクティビズムについて考察した。ヒルマンの詩における政治性「詩が変化の原因となるのではなく、詩は変化に寄り添うものだ。」という有様は、環境詩学への関与の可能性を示している。

第二章　和合亮一
――放射能汚染とエコロジカル・アポカリプス

和合亮一

東日本大震災後の詩歌

二〇一一年、東日本大震災・福島第一原子力発電所事故で被災した和合亮一（一九六八年生）は三月十六日からツイッターで「詩の礫」の発信を開始し、その日から五月二十五日までのツイートを詩集『詩の礫』として同年に刊行した。斎藤環は、「今回の災害が、津波や原発事後が続発した複合災害であること、あるいは我が国最初のネットによって媒介された災害、いわば computer-mediated catastrophe であった」（斎藤 21）と述べたが、『詩の礫』はまさに日本の災害をネットで発信した記録詩集である。本章では、いわば災害の詩学とも呼べる、一連の和合亮一作品をエコクリティシズムから捉えなおしてみたい。

その前にまず東日本大震災後にどのような詩歌が書かれたのか、見ていきたい。釜石市で被災し、「精神世界が激しく揺さぶられ、ひたすら生と死を見つめる日々を送ることになった。」（照井 246）俳人照井翠は、句集『龍宮』（二〇一三年）において「三・一一民は国家に見捨てらる」（照井 30）、

「ふるさとは見知らぬ町よ雛まつり」（照井 217）と詠じた。「三・一一」の句からは生活の場を守ってもらえなかった無念さ、生活の場を失ったやるせなさが伝わる。「ふるさとは」の句のほうは震災から一年後の雛祭りに変わり果てた故国を弔っているようだ。エドワード・W・サイード（Edward W. Said）は、『故国喪失についての省察』において、故国を不本意な外的圧力によって喪失し、国外追放にされるユダヤ人やパレスチナ人を例に挙げながら、エグザイルとは「救いがたい喪失」（174）だと述べる。東日本大震災では、津波と福島第一原子力発電所事故の問題、環境被害的要因により、多くの人々が生活していた場所から切り離された。避難を余儀なくされた被災者の大多数もまた、（ユダヤ人やパレスチナ人のように国外追放されてはいないが）国内にいながらも自らの意思に反して自分の場所に留まることはできなかったという点で、「救いがたい喪失」を抱いたと言えるだろう。

和合亮一の高校の同級生である歌人の本田一弘は、震災後も福島に留まり続けた。本田の歌に「官軍に原子力発電所にふるさとを追はれ続けるふくしま人（びと）は」（本田 83）、「「じいちゃん家（ち）のスイカ食べてもいいですか」答えられないさみだれわれは」（本田 85）がある。前歌では戊辰戦争で政府軍に敗北し斗南藩（陸奥）に移された会津藩と、一四〇数年後の原発事故による県外への避難者を重ね、まさに繰り返された故郷喪失の悲哀が歌に込められている。後歌は、汚染の疑いとそれを許容できない心の揺らぎを描く。地理学者イーフー・トゥアン（Yi-Fu Tuan）は、物質的環境と人間の情緒的つながりをすべて含む「トポフィリア」という概念を著書『トポフィリア』で展開した。この観点で見れば震災以後、住み慣れた場所を離れた人々の状態は、トポフィリアの喪失とも言える。つまり本田は福島にいながらにして、福島を失ってしまった精神的故国喪失者と呼べるだろう。詩人の原田勇男は『東日本大震災以後の海辺を歩く――みちのくからの声』（二〇一五年）において、酪農家が土地を離れることを拒み自殺した哀しい事例を伝えている。この事例において、土地と生活が直結している人々はトポフィリアを非合理、無慈悲に分断されている。照井の俳句や本田の短歌には、人間と環境、災害、環境汚染とともに、場所との関係を分断されたことによる「故国喪失」の苦悩が描かれているのである。

無人というメタファー

それでは、和合の『詩の礫』に話を戻し、エコクリティシズムの観点から「無人」というメタファーに関わる和合作品を概観してみよう。『詩の礫』は、和合の三月十六日の四時二十三分のツイート「震災に遭いました。避難所に居ましたが、落ち着いたので、仕事をするために戻りました。」から始まる。和合は原発事故時、福島市にいた。福島市は原発から二十キロ以内の避難区域ではないが、放射能への恐怖とともに、人々が避難して無人化していく福島の現実を「放射能が降っています。静かな夜です。」と伝える。

私が避暑地として気に入って、時折過ごしていた南三陸海岸に、一昨日、1000人の遺体が流れ着きました。

2011年3月16日 5：34

私の大好きな高校の体育館が、身元不明者の死体安置所になっています。隣の高校も。
2011年3月16日 22:56

また揺れた。とても大きな揺れ。ずっと予告されている大きな余震がいよいよなのかもしれない。階段の下まで行って、揺れながら、階段の先の扉を開けようか、どうしようか、悩んだ。放射能の雨。
2011年3月16日 23:50

ガソリンはもう底を尽きた。水がなくなるか、食料がなくなるか、心がなくなるか。アパートは、俺しかいない。
2011年3月16日 23:53

和合がツイートとして発した言説は、まず、津波による南三陸海岸で流れ着いた遺体や、高校の体育館が遺体安置所にかわった事実を生々しく伝える。同時に、和合のいるアパートの外は放射能汚染されていること、津波と原発事故による終末的な世界を伝える。これはまさにビュエルの述べる「エコロジカル・アポカリプス」の言説と呼べるであろう。和合は、「震災にまつわる短い詩の断片を夥しく〈独房〉で書き続けることになるのだが、始まりは正しく心の中の中也が呟いたものだった。」（和合 2012：179）と述べ、中原中也の詩句が次々と心に浮かんだことを記録しており、ツイッターという現代メディアと文学表現の一種の親和性が示される。また次のような詩行もある。

恐怖。雨の恐怖。雨はどこからやって来て、どこへ、いくのか。雨の恐怖。雨の中を無人が、無人の後ろに並んでいる。前に並んでいる。

2011年3月27日 22：34

和合が「無人」という隠喩を初めて用いたのは第一詩集『AFTER』（一九九八年）であるが、それから十三年後、和合にとって、「非現実が現実となった」震災後の福島で、隠喩「無人」がこのような詩行となって結実したのである。三月二十七日の二十二時頃、和合はガソリンスタンドに給油に行き、列に並ぶが、そのさまを「無人の四輪車」と表象する。そしてこの無人というメタファーはさらに、詩集『廃炉詩篇』（二〇一三年）の各詩篇に結実していく。詩「無人の思想」から引用する。

闇の真ん中へと進む雉子の剝製と無人とを乗せたバス
闇は偽らない
この世界の黒色の絶望を私たちに示すから
闇の道をただ走っていると　無人たちの思想の闇ばかり（和合 2013：86）

和合の「無人」はかつては、人々の営みがあった場所から人々が強制的に去らなくてはならなかった現実を表象しているのである。原子力発電所事故によって、かつての人々の営みは無情にも停止させられ、緊急避難のために住居、動植物、自転車などはすべてとり残された。『廃炉詩篇』の詩

「僕が転校してくる」では、子供たちがすべて福島を去り転校していった「無人の小学校」に語り手「僕」が転校する。営みの気配が残る無人の街。原子力発電所事故という人間中心主義がもたらした人災、そして都市と地方との経済格差から生じる社会不正によって、放射能汚染を被った福島の人々の「闇」、「絶望」を描く。これも一種の終末論的な手法であり、ビュエルの「エコロジカル・アポカリプス」と共鳴している。

詩集『ＱＱＱ』（二〇一八年）では、無人化した福島に残る物たちと、語り手である「私」との交感、相互関係、メタモルフォーゼの詩が続く。冒頭の詩「蛾になる」において、語り手である「私」は、蛾になり、夜な夜な「寂しい場所にある大きな刑務所へと歩く」という。そこは「車も人もいない」無人の風景、「眠ってしまった家の没落と」、「点滅したまま滅亡する赤信号と」、「頭の無い犬と」が暮らす「膨大な生き地獄の」街だ。「私」は影を見つめ、「闇にほしいままになっている生存」の街へまた戻る。

『QQQ』

福島に残された物たちとの対話、交感をどのように描いているのか、さらに具体的に見てみよう。「空き部屋」は、「いくつかの街がそのまま　ある日／空き部屋」になり、「いつまでも次の住人はやって来ない」」、「窓が閉められたままの密室」である家と語り手との満たされない鬱念の詩である。また、詩「十二本」では、避難先のアパートを借りたままで家に戻ってきた夫婦が、アパートまで水を汲みに行く。その際、何回かに分けて車に運ぶが使用するペットボトルの数は十二本までと決めている。語りが伝えるのは、水の供給に関わる放射性物質、除染の問題というよりは、夫婦が生きるために決めた水の量、「十二本」そのものなのである。そして次の詩「家族」では、空き部屋に住み着くアライグマ、ネズミに気づく。

この間　久しぶりに家に戻ったら
天井を
私と妻と子が歩いていた
三匹も棲んでいた（和合 2018：96–97）

「この間　久しぶりに家に戻ったら」の繰り返しが本詩に韻律と深い悲しみを加えている。「私と妻と子」は正しく「無人」であり、天井に棲むアライグマ三匹に重ねられる。空き家と「無人」、住み着くアライグマ、ネズミとの相互関係は、悲しく空虚であり、奇妙で不調和の一体感を醸成する。

このような、和合と、震災と原発事故によって福島に残された「物」、つまり物質性との接点は、人新世の議論と接続するだろう。序章でも引いたが、篠原雅武は、『人新世の哲学――思弁的実在論以後の「人間の条件」』において、人新世の議論において問われているのは、「人間が人間だけで自己完結的に生きるのではなく、地球において生息している様々な人間ならざるものとの連関のなかで生きているという現実をどう考えるか、という問題である」と提議する（篠原 16）。また、第一章で触れたように、ティモシー・クラークは、『エコクリティシズムの価値』（*The Value of Ecocriticism* 2019）において「人新世における「超物質」の側面は物質への基本的な知覚において、不釣り合いや不調和の感覚の劇化や、または関与する詩への微妙な反応に見出すことができる」（Clark 71）と述べる。周囲の事物の世界との知覚によって構築される詩的言語は、本著のテーマであるアンビエンスの詩学に基づくものであると同時に、モートンの導きに従えば、エコメミーセスに含まれ、物質的であり、物理的でもある（Morton 33）。よって、和合の上記の詩においても、思考と原則の物質的な新しい感覚を構築し、人新世において、我々が非人間や我々を取り巻く世界にどのように働きかけようとするかを示していると言えよう。

人新世における物質性との接続

続いて、表題作「ＱＱＱ」から人間と非人間の関係をさらに捉えてみよう。

やせた牛はのろのろ歩く?
やせた牛は土を踏みしめて歩く?
やせた牛は平凡な草のうえを歩く?
足を右から出してまた右から出してまた右から出す?
尋ねてみたいことがある?
草を食べるってどういうこと?

風と土と光と何かがなびいているところへ？（和合 2018：118–119）

「QQQ」は終始一貫疑問文による自由詩であり、見捨てられた牛の姿に着想を得たものである。「やせた牛」が「足を右から出してまた右から出してまた右から出す」というメタファーは、「見捨てられた」＝無人により変容した表象であり、和合はその牛と環境、人間との関係性を描く。見捨てられた動物が導く数々の疑問が汚染と不条理を突き付ける。

次に詩「幽霊」を取り上げよう。日本文学における「幽霊」と言えば、謡曲の複式夢幻能の形式が想起される。複式夢幻能では、しばしば旅の僧と幽霊との対話があり、生前果たせなかった事柄や解決できなかった怒り、悲しみなどが語られるが、和合の「幽霊」は人間の幽霊との対話ではない。この詩はまず松尾芭蕉の『奥の細道』の句へのオマージュから始まるが、除染現場に置き去りにされた、シャベル、ブルドーザー、クレーン車の亡霊が出現する。

、、、、、、、、、、、、、、、、、、、、、、、、、、、、

背中に置かれたままの、
　　シャベルをどうすればいいのか
、　　　　ブルドーザーやクレ
ーンのキャタピラの跡を、
　　穴に埋められた穴を

、　　　　それを埋めた穴を

、

、

私の膚は、

本日も、

削られ、

集められ、

穴を、

掘られ、

、　　そこに　　、

埋められるのだ 、

（和合 2018：38–39）

クレーン車、ブルドーザー、シャベルは、除染作業のために語り手である地球（地面）の肌を掘り、引っ掻く。地球は除染作業のために皮膚を掘られるが、それは汚染土壌としてプラスチックバッグに詰め込まれ、最終的には、地面深くに埋められる。蚊の幽霊は地面をさまよっては、地面に吸い付く。この「幽霊」における詩的言語は、視覚的に除染現場の物質の凹凸や物の並び、汚染された土地に並ぶクレーン車やブルドーザー、そこに飛び回る蚊の幽霊を前景化する。本詩における詩的言語は、福島の汚染された土壌における、物、虫、建設現場の道具と、語り手である大地との相互関係を作り上げながら、同時に汚染や災害の威力を、詩言語、読点の配置、シンタックスによって満たそうとするものであろう。

和合の災害詩は、福島における事物と社会的物理的空間との相互関係を有しており、詩の紙面の文字や空間のコード化によって、擬似化された唯物的指向、つまり、新たな世界の捉え方を我々に提示する。エコクリティシズムによる和合の災害詩の捉えなおしは、人新世における物質性と接続しながら、我々を取り巻く世界への積極的な関与を照らし出しているのである。

第三章　高良留美子

――人新世に伴う諸問題の解決に向けて

高良留美子

生命への深い思索

高良留美子（一九三二年―二〇二一年）は、日本を代表する詩人、作家、批評家である。少女時代から女性であることに関心を持ち、多くの問題に使命感を持って取り組んできた。第二次世界大戦中は、新潟県塩沢町に疎開。学生時代に広島の原爆に関わる学生の文化運動誌「希望」に参加した。詩人としての著作は、一九五八年の詩集『生徒と鳥』から始まる。九冊の詩集を刊行し、『場所』（一九六二年）でH氏賞、『仮面の声』（一九八七年）で現代詩人賞、『風の夜』（一九九九年）では、丸山豊記念現代詩賞を受賞した。一九五六年にはフランスに留学し、それがアジア人であるというアイデンティティの自覚の始まりとなった。一九七〇年代から翻訳に携わり、共編訳『アジア・アフリカ詩集』（一九八二年）を刊行している。フェミニスト批評家として知られ、一九九七年、「文化の創造を通して志を発信している女性の文化創造者をはげまし、支え、またこれまでのお仕事に感謝すること」を目的とする「女性文化賞」を創設し、二〇一六年までその運営に携わった。高良は

「未来の文明への架橋」で自身を振り返って次のように述べる。

女という問題は、わたしの人生の最大の強迫観念（オブセッション）であり、矛盾の集約点であり、すべての問題意識はここから派生したとさえいえる難問中の難問であった。それは先にも述べたように、アジア（アフリカ、ラテンアメリカ）の問題と共に、近代によってはけっして解決することのできない、しかしその彼方にしか、人類の未来の文明の地平は見えてこない問題なのである。（…）この三五年間、自分は一体なにを求め、なにを考えてきたのか――。（…）わたしのなかに捲き上がりつづけた熱い砂塵のようなもののなかから、少しずつ見えてくるものがある。それはこの小文のなかでもすでに語っていることだが、現代文明を根底でひき裂いている巨大な二極分裂の姿である。二〇世紀の三〇年代の日本に生まれ、この分裂を矛盾という形で自分自身の生存の根底に刻みつけられて生きたわたしの人生は、そこから完全に自由だったことは一度もなかった。わたしは分裂し、矛盾するもののどちらも切りすてることができず、その分裂のはざまに身をおいて作品をつくり、ものを考えてきたと思う。生きることと自由のあいだに、自分と他人のあいだに、父と母のあいだに、その分裂は存在していた。（高良：1993, vii–viii）

長きにわたり多方面で活躍している高良留美子の詩については、彼女の業績や欧米におけるフェミニズム運動期である一九八〇年代から一九九〇年代の時代背景もあり、これまでは主にフェミニズム批評の対象として捉えられてきた。しかし、彼女の地球規模に及ぶ生命や思想に関する広い見識や深い思索を顧慮に入れた時、単にフェミニズムの評価に留まらない存在として浮かび上がってくるのである。本章では高良の評論を補助線としながら、高良のこれまでの詩の変遷を通して、その現代的意義を考察していきたい。

詩人としての出発点、戦争体験

高良は十三歳、女学校時代に、学童疎開と敗戦を経験した。詩「焼跡」では、空襲を経験した少女の複雑で赤裸々な心情が描かれる。「線路のむこう側に立ち並んでいた家々も焼けた。」「、「わたしはまもなく自分も逃げなければならないだろうと思いながら　板塀のしたの横板のあいだからこれらの光景を見つめていた。／／突然わたしの心は残酷な歓びに満たされた。わたしははじめて　あの脂（やに）色の光に満ちた軒の低い家々に住んでいた人びとを愛したのだ」（高良：1971, 85）。戦争を見つめる複雑な若い心情が露わになっている。高良は「自然から仮説へ――わたしの詩・わたしの時代」の冒頭において、戦争体験、自分の生きてきた時代を次のように記している。

敗戦直後――それはわたしが、爆撃され、焼きつくされた東京で、自分の存在と世界の存在を同時に知った時期だったが――わたしはこの、精神的にも物質的にも廃墟となった世界のなかで、いままで周囲に見ていたひとびとの生活とはちがった、もっと生き生きした生活をつくることが出来るのではないかという期待と希望をもった。しかし周囲のひとびとの生活は、敗戦やそれにつづいたマッカーサーの政策によって、根本から変わったわけではなかった。戦時という条件がとり去られただけで、あいかわらず同じ女の条件が存在し、わたしの上にも重くるしくのしかかってきた。（高良：1971, 104）

この文章から、高良が自分の存在を取り巻く世界との関係を常に意識していることが分かる。「いままで周囲に見ていたひとびとの生活」とは、高良が女性という出発点から疑問に思っていた社会のデザインによって「同じ女の条件が存在」していることを指すだろう。戦後の押しつぶされそうな思いは、第一詩集『生徒と鳥』に表出する。表題詩「生徒と鳥」は、土埃を立てて生徒たちの列が通り過ぎる場面から始まる。そこで、少年は一羽の鳥を見つける。

列のうしろにいた少年は
行手の石段にむかってかけよった
拳銃にうたれた一羽の鳥が
石段の途中に死んでいた。

教師の視線を感じながら
少年は鳥を手にとった
そのやわらかな胸毛をとおして
ひえていく鳥のからだにかれは触れた。

（…）
生徒の制服の胸のおくにも
ひえきった小鳥の死があった
熱風にまかれて夜明けの空を
もえる街に落ちた鳥の死が。

そのからだをかれはある幼い日
やけ落ちたお宮の石段の上で見た
くろこげの木がかれの町の空をつきさし
かれの心をつきさしていた。（高良：1971, 26–27）

一羽の鳥が拳銃に撃たれて死んでいるという非現実的かつ断片的な描写は、心象風景または夢の記録のようにも見える。この詩で少年は鳥が死に向かっていくことを感覚として確かめている。「生徒の制服の胸のおく」つまり、心の中には「小鳥の死」、空襲で焼かれた町の中で死んだ鳥がいる。その小鳥のなきがらは幼い日にお宮の石段の上で見たという。小鳥という他者、動物の死を見つめ、触って死を確かめる少年がいる。もともと小鳥の死は少年の心の中にあったもの、つまり心から出てきて可視化されているものなのだろう。それでは、一体小鳥とは何のメタファーだろうか。小鳥は拳銃で撃たれ、空襲で焼かれ、お宮でそのなきがらを見る高良は「自然から仮説へ」において、詩集『生徒と鳥』を執筆中の一九五六年頃の様子を次のように述べている。「わたしは自然（ナイヴィテ）さの解放へむかう欲求が、それを殺そうとする力、死や人びとのなかの自由の欠如と出会わざるを得なかった戦後数年間のわたし自身の状況を、最初は状態や夢の記述、次には自然（ナイヴィテ）さの側から表現しようと試みた」（高良：1971, 109）。この叙述から、小鳥には三人称の語り手である少年の心の動きを通して、高良自身の心の葛藤が反映されているのではないかと考えられる。それではなぜ一人称の語りではなく、三人称の語り手を通して、鳥というメタファーを表現したのであろうか。またなぜ少女ではなく少年なのだろうか。これは高良の内面における「他者」の確立と関係があるようだ。

『生徒と鳥』

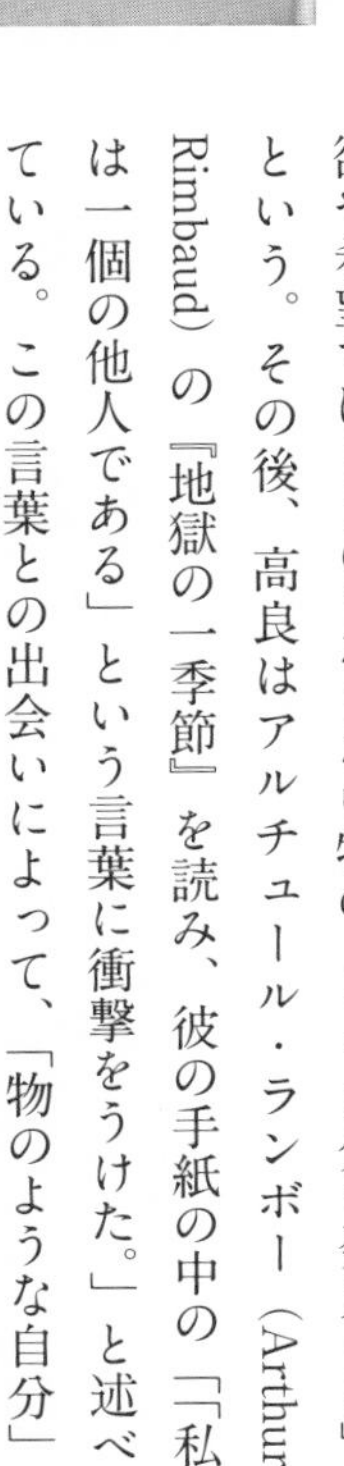

「自然から仮説へ」によると、敗戦直後から、高良の専らの関心は、「女であることへのコンプレックスや自己嫌悪」であり、それが重なってそれまでの「主体的な自我が分裂」し、「自分の意志や意欲や希望ではどうにもならない物のような自分を発見した」という。その後、高良はアルチュール・ランボー（Arthur Rimbaud）の『地獄の一季節』を読み、彼の手紙の中の「「私は一個の他人である」という言葉に衝撃をうけた。」と述べている。この言葉との出会いによって、「物のような自分」が「他人」へと変化していった。また高良は当時を振り返り、自分が本当に書きたかった問題は、「この挫折をどう表現するかということと同時に、挫折させたものの実体にどうやっ

て迫るかということだった」と述べている。（高良：1971, 104-107）

一九四〇年代の終わりから五〇年代のはじめにかけての代表的な二つの詩的運動である詩誌「荒地」と「列島」については、高良は一定の距離感をもって対峙している。「荒地」については、中川敏の「時間のおくれに気づかせる心的イメージの美しさ」を評価しながら、「わたしたちが体験し、表現したいと思う根源的な時間がいや応なくもつ、あの物が裸かにされた感じ、事物に直面した感じを、十分にもっていないように思われた」と述べている（高良：1971, 107-108）。また「列島」については「戦前にはほとんど表現されなかった農民や失業者や未組織労働者の抑圧された不合理な内部を、意識化して表現しようとしていた」点を評価しながらも、「その当時の公式的な現実のとらえ方から充分に解放されていたとは言えない」と述べる（高良：1971, 108）。高良の挙げる問題点、「根源的な時間」、「事物に直面した感じ」、「公式的な現実のとらえ方」からの解放は、高良が自身に感じていた「挫折感」と深く結びついているものだろう。

当時、高良は、劇作家ガルシア・ロルカ（García Lorca）やベルトルト・ブレヒト（Berthold F. Brecht）のドラマチックな設定の仕方に学びながらも、日本を表現する上で、自然（ナイヴィテ）さの視点から描く上での限界を感じていた。そこで、高良は次のように述べる。「いまわたしが必要としているのは、われわれを戦争にまきこみ、戦後のわれわれの企てを挫折に終らせ、現在もわれわれをいたるところで無に直面させているこの現実、そして何らかの形で行動した限り、あるいは行動しつつある限り、われわれもそれについて無責任ではありえないこの現実を、現在のこの資本主義的現実そのもののなかにとらえ、表現するための仮説なのだ。そのためには、事物と他人たちの手中にとらえられているわれわれの側の条件と、われわれの目の前にあるさまざまな事物の条件とを、先入観なしに、主体的にとらえる眼と、詩人がそこに発見した、シュールレアリストや実存主義者が一度剝奪した実用的な意味の彼方の意味を語るための言葉が必要なのだ」（高良：1971, 111）。高良の挫折感は資本主義世界の根源的な問題と深く結びついているが、その問題を探るためには、「事物の条件」を「主体的にとらえる眼」、つまり、新知見と「実用的な意味」の根源に潜む知見を表現する言葉が必要という覚悟が表明されている。それでは、高良にとって、事物の条件と言葉はどのように接続するのであろうか。

言葉と物

高良は、第二詩集『場所』執筆時の一九六一年に、自分を取り巻く物に強い関心を持っていた。エッセー「言葉ともの――詩の言葉について」では次のように述べている。

> わたしは物たちに、奇妙な近親感をもっていた。純粋な自然物にというよりは、むしろ加工され、名づけられ、使われている物たちに。かれらはわたしをとりまき、見つめ、しばしばわたし自身でもあった。おそらくわたしは、かれらの言葉を拒否して、物の側についたのだ。名づける者ではなく、名づけられる者の側に。（高良：1971, 96–97）

このような著しく物への関心が描写されている詩集『場所』を読み進めてみよう。序章においてムーア、ビショップに「魚」というタイトルの詩があることに触れたが、偶然にも本詩集にも「魚」という詩がある。高良の詩「魚」は「かれの口はいま　ガラスの上の一点に非常にちかいところにある」という詩行から始まる。魚は三人称男性「かれ」として登場するが、語り手の感情が顕れることはなく、「かれ」のひれ、からだ、眼の動きが写実的に描写されるだけである。例えば、眼の動きは「目玉をとりまいている白濁色の円板が　胴体と頭部のつくるわずかな凹凸をもった側面から小さな角度でかたむき」というように、生物の機能に即して説明がなされるだけだ。一方、次の散文詩「部屋」では人間と部屋とのアンビエンスを描く。足の裏に畳を感じ、手がカーテンを開け、整理ダンスを滑り、「動きと抵抗の感じ」を持つ。「部屋」では光の粒子が降り積もる中、出口のない時間が語り手を捉える。

わたしの虚無を幾重にもかさねあわせる
そうやって　しだいに動けないほど深く
部屋の四角い空間のなかへ入りこむ（高良：1971, 37）

部屋との空間において、語り手は時間と空間を感じる。この物との感覚的関係性について『場所』のあとがきで次のように高良は述べている。

自分が物になる危険をおかして、物と自分とが入れ替る瞬間、対象が物になり、物がイメージに

> なる瞬間をとらえようとしたこれらの試みは、この現実と、現代の詩に固有の課題がわたしに課した危険な試みであり、その現在までの成果が、その困難さとわたし自身の限界によってまだかなり不充分なものであるにせよ、わたしは自分が選んだこれらの賭けについて、少しも譲歩しようとは思わない。それはわれわれをとりまく現代のものと人間との関係のなかで、物への根源的な自由をとり戻そうとする試み、言いかえれば象徴主義・シュールレアリスム以後の詩の可能性の一方向を探るひとつの試みでもあった。わたしはその過程で、この試みにともなうある種のわな――擬唯物論的な態度や観念と物との決定的な入れ替えの可能性などと、たたかわなければならなかった。(高良：1971, 129)

高良は物との関係に並々ならぬ決意で臨み、「詩の可能性」つまり、イメージや表象の意味を追求しているのである。高良のこの関心は、哲学者アンリ・ベルクソンによる『物質と記憶』での議論を想起させる。ベルクソンによれば、イマージュとは「私たちが感官をひらけば知覚され、生彩ある姿をあらわすもの」(ベルクソン 296)であり、「イマージュの総体を物質」(ベルクソン 24)と呼び、物質と表象の中間に位置づける。高良は、「われわれをとりまく現代のものと人間との関係のなかで、物への根源的な自由をとり戻」すという唯物的な指向を一九七〇年代に述べているのだが、これはまさに二十一世紀の人新世の議論と接続するのではないだろうか。この高良の指向も篠原雅武の述べる「人間が人間だけで自己完結的に生きるのではなく、地球において生息している様々な人間ならざるものとの連関のなかで生きているという現実をどう考えるか、という問題である」と接続するものだ（篠原 16）。高良の詩もまた、思考と現実の物質的な新しい感覚を構築する点で、人新世において我々が非人間と同時に我々を取り巻く世界に直面する問題へのアプローチにつながると言える。

女性という問題、エコフェミニストの騎手として

高良は、神戸出身でクリスチャン、心理学者の母を持ち、母は高良の深い思索に気がつき、ヨーロッパ留学を支えてくれた。詩集『風の夜』からその母を描いた「神戸高等女学校」を引用する。一人称の語り手は、母の死後、阪神淡路大震災の傷跡が残る、神戸市灘区、現在の兵庫県立神戸高等学校の付近を歩く。目的は「母の心の内側にはいりこもうと」するためである。語り手は、寮生活を送った母が毎日駆け上った諏訪山を登り、「新緑の香り」、「れんげつつじ」の「朱鷺(とき)色の花」の鮮やかさ、「滝の音」に包まれる。そして「名物校長のもとで忠孝一本の教育を受けた」という母の語りを懐古する。

首席を争って勝った相手が
卒業後病死したことに衝撃を受け
悔みの短歌をノートに数多くしるしている
アジアの解放と飢えからの解放が生涯のテーマだったが
深い同情心と情念もまた彼女のものではなかったのか（高良：2016, 45）

語り手は、ここ「母と出会うことのできる場所」で、母の研究テーマである「アジアの解放と飢えからの解放」、「深い同情心と情念」と対峙する。母の生涯の研究テーマは、高良の研究分野と重複し、高良の問題意識や人間形成に影響を与え続けているのだろう。

次に高良の女性性と世界とのつながりを考察していきたい。現代詩人賞を受賞した詩集『仮面の声』は、選者の一人清岡卓行から、「長い平和の中で忘れられがちな戦争にかかわる今日の現実の悲惨な裂け目について、いくつかの鋭い訴えをもっている」と評された（清岡 53）。それを最も鮮明に表している詩、「産む」を取り上げてみよう。この詩は、「産む」という漢字が伝統的なお産である坐産を表し、日本海の原子力発電所の建った村に産小屋において、女たちが出産を繰り返してきた歴史から始まる。「かつてお産は家の私事ではなくて、その村全体で支援し、祝福し、生まれた子は村の子として育てられた」（高良：2016, 78）。産小屋は、「死の世界」と考えられていたこと、その村の女性にとってその産小屋は共同体として機能していたことを語り手は告げる。

女はそうやって産み
産みつづけてきたのに　その産道は
ついに原子力発電所までつづいていたのか
道の行方を見きわめてこなかったために
道は産む者と産まれる者を分かち

人は日暮れた道を一人たどらねばならない
女の産む姿を　一個の漢字のなかに
凝固したまま（高良：1987, 75）

チェルノブイリ原発事故が一九八六年に発生、原子力発電所の持つ危険性が討議されていた事故の翌年に『仮面の声』は刊行されている。したがって、ここでの「原子力発電所」は、日本海側の村で原子力発電所が稼働する中、チェルノブイリ原発事故に続く災禍がすぐ前まで迫っているという明確な危機意識を含む寓意である。つまり、「産む」の舞台となった日本海側の村にある原発だけを指すのではなく、世界中にある原子力発電所をも意図している。一九九〇年代にウルリッヒ・ベック（Ulrich Beck）により、リスク理論（Risk Theory）が提唱された。その「新型のエコロジカルリスクおよびハイテクリスクは、もはや特定の場所にのみ結びつくものではなく、惑星における全生命を危険にさらす」（Beck 22）という見解は、高良の「原子力発電所」の寓意と共鳴するものだ。ベックの「危機」のシナリオは、ビュエルのエコロジカル・アポカリプス（環境的終末論）のシナリオに類似するが、この違いについてはウルズラ・ハイザ（Ursula K. Heise）が「「エコロジカル・アポカリプス」は未来との関係において構築され、「危機意識」は現在進行している状況である」と述べている（Haise 141）。高良は「今、地球破壊、人類滅亡の危機を象徴するかのように原発の建つ丘へ、かの「産道」＝古き母親共同体の道は続いている。」（高良：2016, 78）と述べ、産小屋と原子力発電所がつながる矛盾を突き、「道の行方を見きわめてこなかったため」であると厳しい批判がなされる。その背景にある「産む者」である女性をないがしろにしてきた世界との関わりを描いた詩とも言えるだろう。つまり地球の危機と女性の抑圧の問題が交差する。女性の抑圧を克服しようとした多面的運動という点では、初期フェミニズムの思想性のある詩とも言えるだろう。

もちろん、それによって女性は家父長的、人種主義的、植民地主義的、異性愛規範的自由を克服することができた点は初期フェミニズムの意義であったかもしれない。しかし高良の詩はさらなる広がりを持っている。例えば、「海のなかにいる母のように」という詩では、「わたしの心が　もっと広くて　深いといい」、「そうすれば　苦しんでいる子どもの　苦しみの　ひとかけらが　容れられるかもしれない」(高良：1987, 10)といった詩行からも分かる通り、女性を取り巻く問題を引き起こしたより深く長い歴史への関心が顕れている。

> 女性の問題と地球の問題、いいかえれば性差別と地球破壊・自然破壊の問題は、いまや男性優位の父権的な文化、文明の問題として、女性たち自身によってとらえられはじめているのである。それは文化と自然、精神と肉体、理性と感情といった人間の全体性の分断と差別の上に成り立ってきた文明であり、核や化学兵器によってついにその自己破壊とニヒリズムの極点にまできてしまった文明なのである。(高良：1993, 10)

高良は「性差別と地球破壊・自然破壊の問題は、いまや男性優位の父権的な文化、文明の問題」として他の女性から理解されていることを認め、「核や化学兵器によってついにその自己破壊とニヒリズムの極点にまで」到達した地球存続に関わる自己破壊的な問題とみなしている。このような高良の見解において、一九六〇年代に感じていた「文明を根底で引き裂いている巨大な二極分裂の姿」、「この分裂を矛盾という形で自分自身の生存の根底に刻みつけられて生きた私の人生」が、二極分裂の結果としての性差別と地球の破壊・自然破壊によって明らかになってきている。また、高良の論点の変遷、すなわち、女性の問題という個人的な無意識の問題から、人類共通の「全体性の分断と差別」、「自己破壊」の問題に拡大するプロセスは、ユング心理学の無意識から集合的無意識に到るプロセス、女性の問題は文化的なアーキタイプに共振する。

詩集『仮面の声』のタイトルの由来となった詩である「産む者の声」を取り上げよう。「産む者の声」には「能『殺生石』を見て」と記されている。謡曲「殺生石」は複式夢幻能だが、作者不詳であり、九尾の狐の伝説に基づいている。ワキの玄翁という高僧が陸奥から都へ下る途中、那須野で、空飛ぶ鳥が石に落ちるのを見て驚いていると、シテの里の女が現れて、「これは殺生石といって人畜を害するのだから近づくな」と留めたため、玄翁がその謂れを尋ねると、「これは玉藻前の執心が石となったもので、その玉藻前は鳥羽院の上童となって、院を害し奉ろうとしたが、安倍泰成の占下によって見破られ、」「那須野に隠れていたところ、勅命を受けた三浦介・上總介に追い立てられて、終いに射殺され、それ以来殺石となって、人畜を害してきた」ことを告げ、後シテとして現れる。僧侶の玄翁に供養を受けて、「以後は悪事はしない」と誓って消えていく物語である（佐成 1633-1634）。「殺生石」の、「木石心なしとは申せども、草木国土悉皆成仏と聞く時はもとより仏体具足せり。」（佐成 1643）というワキの言葉は、道元の正法眼蔵「山水経」における「山と自己の間に何の隙間もなく一体であること」(226)という認識を想起させる。高良の初期の物への関心や「自然に魅惑されている」という関心とも合致する内容であろう。人の執心が物に乗り移る、メタモルフォーゼの物語でもある。

高良の「産む者の声」では、里の女が「恐るべき石の由来を」語り、舞台に置かれた石が二つに割れ、里の女が後シテとして現れると、その石は卵になり、「死者が殻を破って再生する」。一方で本詩は、非人間が妄執を語るという点において、スナイダーの『終わりなき山河』(*Moantains and Rivers Without End*)における「山の精」における、シエラネバダの不死のブルストルコーン松が夢幻能の世界で生命の歴史を物語る場面との類似性があるのも興味深い。それでは、「産む者の声」を引用しよう。

時満ちて　石が二つに割れるとき
里の女は怨霊の姿をあらわす
他界からの使いのように
死者は殻を破って再生する
生者よりも力づよく　生気に満ちて

そのとき邪念の色は
聖なる色となり

石は　ふたたび卵となり
敗者は　勝者となり
死者たちはまた生きはじめる

「われらが卵を奪われて　久しく
荒野に逃れて　久しい
われらは石の子どもらを産み
石を抱いて　暖めてきた
卵の墓奪者を追いつめよ」

死霊は足踏み鳴らし　地をゆるがし
他界から響く　仮面の声で
わたしたちを叱咤する
産みの支配者にくみ敷かれて
永遠に奴隷でいるのか　と（高良：1987, 69–71）

殺生石が二つに割れた時、「産む者の声」では中から石の魂として里の女が怨霊の姿で現れる点に注意したい。謡曲「殺生石」原文では光を放って現れるか、狐の姿で、奇妙な人相として現れるのに対し、高良は、「邪念の色」は「聖なる色」となり、石を「卵」、つまり、生命が生まれる場所とする。「われらが」以降は本詩のタイトルにつながる、「産む者の声」なのである。死霊が「産みの支配者」、つまり、この地球を自己破壊するまでに至った人類の過ちを知らないままに、その奴隷となっていることへの怒りである。この怒りは、高良の次の見解でより明確にされる。

自然を生きた生態系として考え、自然とその一部としての人間との共存を求めていこうとする生態学的運動(エコロジー)は、その意味でも本来女性たちの運動と共通の基盤に立ち、共通の目的をもっているということができる。第三世界の人びとからの資源や労働の搾取のうえに成り立つ、日本をふくめたいわゆる先進国の発展は、資源を枯渇させ、汚染をまきちらし、環境を破壊して人類と地球の危機を生み出している。生態系の破壊は地球に砂漠化の危機をもたらし、多くの動植物を絶滅のふちに追いやっている。エコロジー運動とフェミニズム、そして反核・反戦運動の結びつきは、人間の生き方の変革を促し、遅すぎないうちに地球をとりもどすためにも、いまもっとも必要とされているように思われる。(高良：1971, 26)

自然と人間を通底する思想

高良は一九九〇年、次のように書いていた。「人間はあまりにも深く解決しがたい矛盾を、文明の毒を、この地球上に蓄積してしまった。――近代のもたらした良いものを保持しながら近代を超えるために、未来の文明とその価値について考えておかなければならないのだ。そのためには、自然と人間を通底する思想を確立しなければならないのだ」（高良：1993, viii–ix）。「文明の毒」は特に第二次世界大戦後の人間中心主義の活動によって引き起こされたものを指しているだろう。高良の物への固執は彼女の詩の変遷においては過渡的な段階だったのかもしれない。しかしながら、その物質性には、思考と現実の物質的な新しい感覚が構築されており、人新世において我々が非人間と同時に我々を取り巻く世界に働きかけようとするものだ。高良の確立したかった「自然と人間を通底する思想」は、人間が地球全体に対して背負うべき環境正義的責任を果たしていくために不可欠となる新しい世界に対する認識と言えるのではないだろうか。

第四章　アン・ウォルドマン
――フェミニズム、エコフェミニズム、動物の肉声化

ウォルドマンとポエトリー・リーディング

本章では、コロラド州を拠点とし、ナロパ大学で教鞭をとり、ビート詩人、編集者、パフォーマンスアーティスト、アクティビストと、多才な活躍を続けるアン・ウォルドマン（一九四五年生）を取り上げ、彼女のフェミニズム、アメリカのポエトリー・リーディングにおいて果たした役割、それから動物詩について考察したい。

ウォルドマンと言えば、代表作『早口女』（*Fast Speaking Woman*）を想起するだろう。ちなみに、アレン・ギンズバーグ（Allen Ginsberg）が「吠える」（*Howl*）を朗読し、スナイダーが「ベリー祭り」（A Berry Feast）を朗読したシックスギャラリーのポエトリー・リーディングが一九五五年である。彼らに影響を受けたウォルドマンが最初に「早口女」を朗読したのは、七〇年代半ば、サンフランシスコのノースビーチにある The Committee という名の劇場だ。ウォルドマンは当時を振り返り、「ホールは大きく、威圧的な聴衆と多くの友人。緊張気味に、スピーディーに、リズミカル

Anne Waldman, photo by Kai Sibley

に、ハートビートでこの長い連禱を（朗読した）」と述べる（Morgan 85）。彼女のドラマチックな朗読を聞いた、ローレンス・ファーリンゲッティ（Lawrence Ferlinghetti）は自身の出版社シティ・ライツで「早口女」を出版したいと申し出た（Morgan 85）。ウォルドマンは、ジョアン・カイガーよりも一世代後に生まれ、社会的に「無視され、忘れ去られた」女性の苦しみを――これは同時に彼女に影響を与えた母の苦しみでもあるが――語り続けることを使命として表明している（Knight xi）。「早口女」は、メキシコのシャーマン、マリア・サビーナ（Maria Sabina）へのオマージュとして書かれている。そして、マントラ（真言）を模倣した音調である。少女時代にビート詩人やサンフランシスコ・ルネサンスに接してきたウォルドマンは、一九七〇年代の代表作において、すでに唱える詩、声の実践を行ってきたと言えるだろう。最近のインタヴューでは次のように答えている。

「詩のパフォーマンスと詩をタイプすることは等しい価値を有していると思います。私の場合は分けることができません。まったく葛藤はありません。しかし、読者と聴衆は別の方法で作品に近づいているかもしれません。私は振動させる対象としての本が好きですし、私の声でそのテキストにエネルギーを与えながら呼び覚まし、活動することも好きです」（Edwards）。

ウォルドマンは、第三世代の女性ビート詩人と呼ばれているが[1]、これまで詩やパフォーマンスについてどのように考え、実践してきたのであろうか。彼女の詩に対する考え方、そして、「コミュニティ」ワークを行う詩学に分けて考察してみたい。

ウォルドマンは、詩は「コミュニケーションの自然な様式として理解され、内側の「秘密な」部分を言語化する」（*Vow to Poetry* 107）と定義する。また、二〇一五年の詩人フォーラムでトイ・

デリコット（Toi Derricotte）、C・D・ライトとのパネルにおいて、「詩は人間の生活の及ぶところ、すべてに及んできている。詩とは時代の闇の部分や矛盾を掘り下げながら、新しい語彙、新しい知見、新しい形式、新しいリズム、これまでにない次元の感覚を与え、総じて、心と環境を作り上げていく。今日の闇、矛盾として、環境問題、つまり、人新世の時代における絶滅に瀕した種や言語に光を当てる」と述べる（Chancellor Conversations）。これはウォルドマンの詩と詩を通しての世界との関係性のあり方を示すものであろう。

もう一つの重要な要素である「コミュニティ」ワークの詩学とは、「潜在的覚醒的社会の政治的な、詩という手段（vehicle）を通して、コミュニティに救いをもたらし、共感や慈悲に基づくコミュニティや社会を目指す」という考え方だ。ウォルドマンは、ナロパ大学のJack Kerouac School of Disembodied Poeticsで、「詩とは世界を目覚めさせるために存在する」と教えている（*Vow to Poetry* 110）。「目覚めさせる」という考え方には、彼女のチベット仏教徒としての宗教的立場が少なからず反映されているだろう。さらに「コミュニティ」形成を考えた場合、「いまここ」という共時性、詩的空間の共有という、時間と空間の共有を可能にする、つまり、「世界を目覚めさせるため」のコミュニケーション・ツールとしての詩の役割が重要だと考えられる。

ウォルドマンは、詩的コミュニティを形成する際、「共通するのは失った洞察をとり戻すことであるが、すべての苦しみやもろさを知ることが加害愛（sadism）、性急さ、非人道性を集積することになり、人間の魂の究極の状態を理解し、それぞれの人々に慈悲ある覚醒をもたらすことになる。この感情のために、詩で泣かせることにも留意して、そのためにはリズム、呼吸に関わりながら、連禱を実践してきた」ということだ。ここでは、ルイス・ズコフスキー（Louis Zukofsky）の「感情だけが苦しみを具現化する」（Only emotion objectified endures.）やエズラ・パウンド（Ezra Pound）の「感情だけが耐えうる」（only emotion endures）を引用する（*Civil Disobediences* 262-4）。つまり、これが「コミュニティ」ワークを維持する方策となってきたのだろう。

ナロパ大学でポエトリー・パフォーマンスを作り上げてきたランディ・ローク（Randy Roark）は、「詩が紙面や演技の一場面など個々の詩作品の中で存在するのではなく、一瞬に具現化され、生命をふきこまれ、歌われている。その詩人の肉声は、地球の声、石や木々の声、ギリシャ神話のムーサの声とも言えるのだ。」とウォルドマンを評価する。この指摘は、紙面の言葉が詩人の声となりえた瞬間を捉えている（*Live at Naropa*）。

代表作「早口女」

それでは、「早口女」の原文を引用してみよう。

I'm a fast speaking woman
I'm a fast-rolling woman
I'm a rolling-speech woman
I'm a rolling-water woman（Waldman: 1996, 24）

引用部分は「早口女」の第二部の一部である。「私は……する女」という文体で繰り返し書かれている。「まくしたてる、はやく話す、女性の代弁者」というこの詩は、ウォルドマン自身がアレン・ギンズバーグの「吠える」の影響を最も強く受けていることも物語っている。先ほどマントラ、真言を模倣した音調であると述べたが、これは彼女がチベット仏教徒、すなわち、密教に関心があることと関わっている。密教である真言宗の開祖空海の『声字実相義』を補助線として理解に努めてみよう。声と文字の関係となる「五大に皆響きあり　十界に言語を有す　六塵悉く文字　法身は是れ実相なり」（空海 155）という声字実相の定義がある。[2] この定義を参照すると、ウォルドマンの場合も、声と文字が一体となって形成され、連禱として、声により救いをもたらす詩学であると言えるだろう。

この「早口女」の文体は、マントラだけにとどまらず、融合的、包括的なスタイルを有するが、それは次のような理由に基づくものである。

まず、彼女が、「最初の思い、それが最良」（first thought, best thought）というモットーをギンズバーグとともに実践していたことがベースにある。次に、フェミニストであるビート女性詩人の語り部として、連続して堂々とドラマチックに唱えることで、一世代前の女性の限定された立場、失った洞察を回復しようとしている。五〇年代のヘレン・アダム（Helen Adam）やカイガーの詩は、女性のペルソナの複雑性を「怪物」という言葉で覆い隠していた。しかしながら、ウォルドマンは、強い信念のもと、世界に向かって自己のありのままの姿を表明している。

「早口女」では、ホイットマンの『草の葉』以降継承されてきた詩的技法「カタログ」（同じフレーズを一貫して繰り返す形式）が用いられているが、言うまでもなく、ギンズバーグもこの手法を用いていた。特に著名なのはジョー・ブレイナード（Joe Brainard）の『僕は覚えている』（*I Remember*）で、これも終始一貫「覚えている」（I remember）を繰り返す文体である。ブレイナードは、この作品の初稿執筆中の一九六九年の晩夏にガートルード・スタイン（Gertrude Stein）を読んで強い影響を受けていたそうだ。『僕は覚えている』の初版は、ウォルドマンが編集長を担当していたAngel Hair Booksから七〇〇部出版された。ブレイナードは、スタインを理解する苦悩と自身の作品を書き上げる苦悩をウォルドマンに伝えていた（Brainard 171）。ウォルドマンは、ブレイナード風の「私は逮捕されたことを覚えている」（"I Remember Being Arrested . . ."; *In the Room of Never Grieve* 378–79）を書き、ロッキー・フラッツ核兵器製造工場建設に反対して逮捕された経験を、全篇にわたり「私は覚えている」を繰り返す文体で書いている。ウォルドマンは、政治的抵抗を表明する場合に、しばしカタログを用いる傾向がある。従って、「早口女」は、マントラ、「最初の思い、それが最良」、カタログが融合した詩学であると言えるだろう。「ステレオ」（"Stereo"; *In the Room of Never Grieve* 306）という結婚を主題にした詩がこのスタイルを継承した作品と言える。しかしながら、ウォルドマンのこのスタイルは、過渡的な段階であった。

フェミニズムからエコフェミニズムへ

彼女の次なる段階を示す前に、ここで彼女のフェミニズムについて触れなくてはならないだろう。ウォルドマンが批評的にも注目される第一の論点として、彼女の展開するフェミニズムが挙げられる。二〇一八年の『トリックスターフェミニズム』（*Trickster Feminism*）は、彼女のフェミニスト・アクティビズムの系譜に位置づけるべき詩である。複合的な詩形式で、チャント、ブルースのリフレイン、散文で構成される。ウォルドマンは、叙事詩が男性の形式によっていかに侮辱されてきたかを主張する。チャントは、一定のリズムと節をもって祈りを捧げる詩の初期の形式であるが、最も効果的に読者や聴衆に彼女の意図をもたらし、読者に思想や慈悲を伝えるものであろう。繰り返しやリズムによって、記憶しやすく、演じやすくなると想像することができる。「優しいボタン」（Tender Button）、「父性の詩」（Patriarchal Poetry）におけるスタインの難解なスタイルは、二十世紀における、男性的な詩を崩す場合に用いられた女性詩、フェミニストの詩的スタイルの形成に貢献してきたと考えられる。「トリックスターフェミニズム」は、スタインへのオマージュつまり、家父長制を体現する規範的な文章を崩すスタイルの実践である、フェミニズムが融合した詩学であると言えるだろう。

彼女の二〇〇一年のエッセー集『詩への誓い』（*Vow to Poetry*）の中に、フェミニスト・マニフェストの造語"Feminafesto"（21-4）があるが、ここでは自分の母の時代の女性の自立の困難を代弁しながら、ウォルドマン独自の女性の自立や使命を主張する。既成の文学史を女性の視点から捉えなおしたとき、多くの文学作品が女性嫌悪的であったこと、そこにおいて女性は怪物的、またはその真逆の天使的存在として扱われていたこと、さらに、大衆男性小説のハラスメント（Woldman 24）にも言及している。ウォルドマンのフェミニズムは、生態的差異、自然に対する抑圧が直接に女性への抑圧につながったという初期フェミニズムの主張を容認する面もあるが、初期のフェミニストたちがそうだったように、女性同士の強い絆を求め、搾取してきた男性を攻撃するような態度を執拗に表明するものではない。では、ウォルドマンのこのようなフェミニズムはどのように形成されたのか。

マイケル・ディヴィッドソン（Michael Davidson）は、『僕らのような男――冷戦期詩学の男権主義を引証して』（*Guys Like Us: Citing Masculinity in Cold War Poetics* 2004）においてビート詩人たちの複雑な内面を分析している。「一九五〇年代のアンチタイプとなった「吠える」の詩人ギンズバーグに象徴されるように、当時のカルチャーの中では白人男性のジェンダーに対するアイデンティティの確立が不安定となっている一方で、ビートパワーは、女性化と男性化した位置関係、被害者とストリートタフ、殉教者と暴君、芸術とプロレタリアとの間の脅迫的な動揺の具現化であった」と述べる（Davidson 54-56）。ライフスタイル革命の実践者とも呼ばれたビートジェネレーションたちではあったが、ボーイズクラブ的傾向とともに、一九五〇年代のジェンダーの複雑な様相、女性の男性化、強い女性像、男性の女性化などの問題も孕んでいた。そのためビート詩人たちとも強い親交のあったウォルドマンは、彼女のフェミニズムの形成において、女性だけでなく男性の立場をも含む包括的なジェンダー意識を形成することになる。

レイチェル・デュプレシス（Rachel B. Duplessis）は『パープルパッセージ――パウンド、エリオット、ズコフスキー、オルソン、クリーリーと父権詩の終焉』（*Purple Passages: Pound, Eliot, Zukofsky, Olson, Creely, and the Ends of Patriarchal Poetry*, 2012）において、男性ビート詩人とウォルドマンとの関わりについて、「楽天的」と評価する。デュプレシスは「ボーイズクラブのメンタリティ」、つまりその女嫌い的傾向を知っていたウォルドマンに対し、彼女がビートと「オルタナティブ」指向と広義な視点、すなわち「商業主義、利己主義、精神的空白、政治的利点、双方取引、虚偽、不誠実、人種差別」に対するアンチテーゼを共有していたと指摘する（Waldman 1993/1997, II: 145, 143; Duplessis 98）。デュプレシスのこの指摘は、ギンズバーグの「吠える」がウォルドマンにとって、実際にジェンダー批判の可能性を開いたのではなく、「抗議する可能性」を与えるものであったと結論付けるためのものであるが、ウォルドマンと男性のビート詩人たちが「抗議する可能性」を共有したという指摘は理解に足る論点である。

フェミニストからは「楽天的」と評価されたかもしれないが、両性的、包括的なヴィジョンを持ったウォルドマンは、次の段階に進む。それは、“Outrider”（先導者）の詩学と呼ばれるものであった。ウォルドマンがここで目指す詩学とは、両性具有の詩学、エネルギーによって規定される詩学、ジェンダーによって規定されない、トランスジェンダーな文学なのである（*Vow to Poetry* 24）。この詩学は前述の「フェミナフェスト」に加えて、野性の心、絶滅危惧の生物の声、動物の声、想像力による昔の語り部、ビート派やブラックマウンテン派の詩学を継ぐものである。Jack Kerouac School of Disembodied Poetics を通して生まれた詩学でもある（*Outrider* 16–38）。アウトライダーは、「野性」などの精神性、トランスジェンダー（現在ではＬＧＢＴＱ）や彼女の関心の深いカーリー女神に基づく詩学などの概念、「進歩する、ヴィジョンをさがす」などの動作、「詩の製造者」（A maker of Poetry）、絶滅危惧種（an endangered species）などの人物や生命体への擬人化などの要素を含んでいる。よって、アウトライダーとは、先導する、ハイパーメトリックの詩学に加えて、ウォルドマンの詩人としての実践そのものだと言える。[3] また、ウォルドマンは、スナイダーが、『野性の実践』以後展開している、「野性」という概念を評価し、それを継承している。実際、ウォルドマンは「アウトライダー」の詩学と呼ぶが、「早口女」に見られる差別された女性の立場の代弁という段階から、地球環境問題を含む絶命危惧種への理解と代弁という環境意識の高まり、つまりフェミニズムからエコフェミニズムへの変化を見ることができる。北米の思想家、科学者、フェミニストであるダナ・ハラウェイ（Dana J. Haraway）の代表作『サイボーグ宣言』（*Simians, Cyborgs and Women: The Reinvention of Nature*）におけるサイボーグは情報技術を背景とした機械と有機体の融合した存在であり、当時のフェミニズム理論に影響を与え、「ユートピア的フェミニズム理論の終焉」を告げた。しかしながら、昨今のＡＩやロボットの進歩に伴い、サイボーグ的技術自体が主流化する二十一世紀となっている。ハラウェイは『伴侶種宣言』（*The Companion Species Manifesto Dogs, People and Significant Otherness*）において、異種である動物との関係を「重要な他者性」として、「共棲」（co-habitation）「共進」（co-evolution）を進め、「非暴力なかたちで相互に説明責任を果たし愛し合うこと」を訴えている（ハラウェイ 161）。ハラウェイの『サイボーグ宣言』からこうした『伴侶種宣言』への変化は、ウォルドマンにおける「フェミナフェスト」からエコフェミニズム的な「アウトライダー」と時代的にも重なり、少なからず共鳴するものであろう。

動物の声を詩に

ウォルドマンは、『マナティー／ヒューマニティ』（*Manatee/Humanity* 2009）というフロリダで絶滅の危機に瀕している動物に関する長篇詩を書くが、これは、それ以降の、絶滅危惧種に関する一連の叙事詩、オードの始まりとなる。[4] 二〇一四年『ジャガー・ハーモニクス——モザイクで織られた人』(*Jaguar Harmonics: Person Woven of Tesserae*) は、アマゾンの人々が尊敬するジャングルの偉大なるハンター、ジャガーに寄せた叙事詩である。ジャガーが蔓を求めてジャングルを歩く。「音のなるベルト、鐘、ガラガラで織られた人」が語り手として、詩人に語り掛ける。

Person woven of sound bands　bells　rattles

Person woven of multiple mammal bands you try on, around many waists
a one of them, ominous and lumbering approaches the
　　　　　　　　　　glint-rise of drawn-out-dawn
another: you are a nursing mother in never ended aubade
waiting with your species to arise (Waldman: 2014, 3)

what tries to tell us of mammal stealth
active filaments
unprecedented warnings with consonants of "H" and "W"
& hissing sound and groan *heh heh heh*

& I'll say it again the suffering on this land
palpable right under you
what done to the *indigenes*
rip and torture of their person
emasculation
& to the land
& to the science
& to the medicine
& to the children
the whole genocide
what summoning to tell you this? *heh heh* (Waldman: 2014, 14)

shattering under you don't don't do it
Person woven of performing sutras don't don't
the thunder said don't do it and symmetry said *heh heh*

and gambols to the flight of the asteroid

Person woven of nimble words, mere fractions of them
ag and *ar* and *ra* as antidote ro gloom

woven of white poppy *gar ra ra tsa ma ma*

whist whist whist heh heh

of the power of the centaur's heel woven by a poet
in the sky above you（Waldman: 2014, 15）

and you can't just go around killing and conquering persons
you can't just take them out at midnight and rape and slaughter and kill persons
（Waldman: 2014, 20）

音のなるベルト、鐘、ガラガラで織られた人
試しに、数々の腰の周りに、着けてみる　多種の哺乳類のベルトで織られた人
その中の一人が　抜かれた夜明けの刃ギラリとした光へ

不吉に騒々しい音を立てて近づいてくる
もうひとり、あなたは養いの母で、決して終わることのない夜明けの歌(オーバード)を歌いながら
あなたと同じ種と共に立ち上がるのを待つ
(…)
哺乳類の内密性を伝えようとすること
活性繊維
HとWの子音とシューという音　「へっへっ」という唸り声
で先例のない警告

そして私はあなたのすぐ下にありありとある
この大地にある苦痛に再び呼びかける
先住民に対してなされたこと
彼らの身体への攻撃や拷問
去勢
そして大地へ
そして科学へ
そして薬へ
そして子供たちへ

全虐殺
これを言おうとして何を呼び出そうか？　「へっへっ」
（…）
あなたの下で打ち砕かれて　「やめろやめてくれ」
お経の踊りを織る人　「やめろやめろ」
雷は「やめろやめてくれ」と言い　対称性は「へっへっ」と言った
そして小惑星の飛行に合わせて跳ねまわる
機敏な言葉で織られた人、そのほんのかけら
アグ　やアル　やラという憂うつへの解毒剤

ガル　ラ　ラ　ツァ　マ　マ　で織られた白い子犬
ホイスト　ホイスト　ホイスト　ヘッヘッ
あなたの上の空で詩人が編んだケンタウロスのかかとの力の
（…）
そしてあなたは人々を殺したり征服したりしてばかりもおられない
彼らを夜中に連れ出してレイプして、殺戮して人々を殺したりしてばかりもおられない
本詩は口語自由詩のスタイルで、人新世における環境破壊、種の絶滅をテーマにした叙事詩であ

り、黙示と救済がある物語でもある。少なくとも「早口女」に見られるような父権を突き崩すような文体ではない。声と読まれる言葉が一致するような文体だ。連禱とはならないまでも、同じ子音の繰り返し、“Person woven of”の繰り返しなどのリズムがあり、音による効果が組み込まれている。冒頭の「音のなるベルト、鐘、ガラガラで織られた人」、「多種の哺乳類のベルトで織られた人」とは、動物を殺し、地球を苦難に追いやった人間の姿である。一方で不吉な音がゴロゴロと鳴り、もう一方で決して終わらない夜明け（オーバード）の歌を歌う養いの母はジャガーが生まれるのを待つ。子音「H」と子音「W」という無声の摩擦音から構成され、うなりの「へっへっ」という詩の音声効果により警告感を出す。これが地球の苦難を知らせ、先住民に対して行ってきたこと、つまり、土地、科学、薬、子供に対しての「攻撃や拷問／去勢」と表現される苦しみ、すなわち、皆殺しが露わになる。ジャガーに「殺戮して人々を殺したりしてばかりもおられない」と語り手は伝える。素早い言葉で織られた人は、“ag”“ar”“ra”“ro”というような経文に似た語に言葉を分解し、“and”や“antidote”の語の中に配置している。毒性を有する語を分解することにより、解毒薬や夜明けとなる。これは、詩人が語の断片である音を聞き取り、それを記述することで周囲の環境を再現する作用とも言えるだろう。つまり、モートンの言う「エコメミーセス」（自然を書くこと、ネイチャーライティング）であり（Morton 31）、ウォルドマンの詩の仕掛けとも言えるだろう。ウォルドマンの感覚、つまり、音とテキストが

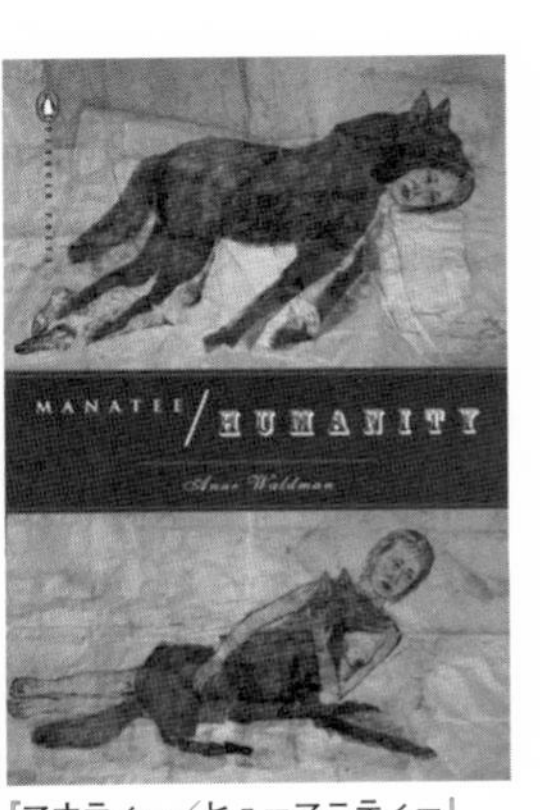

『マナティー／ヒューマニティー』

一体となる瞬間が起こり、人新世における詩とその周辺の世界との接続を前景化する。

この詩には、動植物の声、それを言語化すること、詩語にするという重要なコンセプトが内在する。それは非人間との相互性や、非人間との深いコミュニケーションの議論に接続するだろう。環境詩学を先導してきたジョナサン・スキナー（Jonathan Skinner）は、スナイダーに倣って、様々な鳥の鳴き声を、声として起こし、言語化してきた。代表作は二〇一一年の『ティフトの鳥』（*Birds of Tifft*）で、ニューヨークのバファローティフト自然公園で鳥の声を録音し、スナイダーのやり方でノートにした。スキナーは音、韻律、「動物の（声の）有声化」の混交に特別な関心を寄せているが、スキナーが詩作の中で鳥の声に注目してきた理由は、「動物のコミュニケーションの複雑性に直面して、限られた科学的理解を補うために音楽や詩の芸術から隠喩をもたらす」ため、つまりメタファーを補助線に鳥の肉声化を行ってきたというものだ。同時に、スキナーは「詩は種の福祉を改善するために、動物語形論を用い、研究し、展開する手助けになる可能性がある」とう倫理的目的を持っている。スキナーはそうした考えをもとに「動物詩」（Poetry Animal）という概念、つまり、「詩言語がコード化される前に詩言語はアコースティックな音を構造化してきている。」と提唱し、振動（wave）に基づくコミュニケーションが詩に不可欠であるとする。スキナーは振動を通して鳥との体験を共有し、異種間の相互交流通して、言語化しているのである。

デイヴィッド・エイブラムは、「人間以上の世界」における異種間の相互交流を指摘し、「もし人間の言語が純粋に精神的な現象ではなく、肉感的反応と参与から生まれる感覚的で身体的な現象であるならば、私たちの言説は人間という種以外の様々な身ぶり、音、リズムから確実に影響を受けている。」(Abram 82)と、言語の感応的身体的体験を述べる。エイブラムの言語の感応的身体的体験、スキナーの詩言語の音の構造化は、ともに、言語形成は精神的な現象でなく、音声的感応的な体験を通してなされてきたという点で共鳴するものだ。ニッカーボッカーは、「言語は透明に「現実」を提示することができるか」、「詩言語が現実と何らかの接触をもたらす」と述べ、詩言語とエコミメーセスの親和性を認め、「話者の複雑性、不可思議さ、自然の美しさなどの音声的効果のような形式的装置を通して詩は起こる」と、非人間の自然に反応し言語化するプロセスを「感応の作詞」と定義する(Knickerbocker 8-9)。クラークは「詩はここにおいて人間の限界や境界の芸術となる。言語と思考は、人間が通常表現するスケールや基準を超えた経験に向かって動く時に脱親密化する」(Clark 62)と指摘する。ウォルドマンの『ジャガー・ハーモニクス――モザイクで織られた人』においても、音声的感応的な体験により非人間の声が言語化され、詩語が編まれ、歌われ、ウォルドマンのテキストの有声化によって、人間の肉声として我々に届けられる。モートンは、周囲をとりまくもの、世界の感覚を呼び覚ます方法に基づく詩学を「アンビエント詩学」と呼ぶが(Morton 22)、ウォルドマンの場合は、音と詩言語が緊密な関係にあり、それが、人間以外のものや環境に関わることで詩を形成しており、人新世として知られる人間と環境の強力な相互関係を理解する上で、有用な詩となるであろう。ブレンダ・ヒルマンは、「詩は事物と環境に対して言語の解放性を高める手段であると同時に、言語の要素により変容させられ、変容する言語能力である」と述べるが(Clark 71)、ヒルマンの言葉を借りれば、ウォルドマンの詩言語も「音」及び「声」と環境に対しての言語の開放性を高めるものだと言えるだろう。

ここまで述べてきたように、ウォルドマンは、七〇年代にはフェミニズムを指向し、ビートジェネレーションに共鳴しながら時代の苦悩を暴き出し、二十一世紀に至っては人新世における人間以外の存在と環境との関わりの危惧を詩語にしている。地球環境問題を含む絶命危惧種への理解と代弁という環境意識の高まりを「アウトライダー」という詩学で実践、フェミニズムからエコフェミニズムへと変化を遂げてきたウォルドマンは、詩による「コミュニティ」ワークの実践を通して、「世界を目覚めさせる」パフォーマンス詩人であり続けるであろう。また、環境詩学の観点からも今後も注目される詩人となるだろう。

第五章　ジェーン・ハーシュフィールド
――詩の窓、環境的悲哀、焦眉の急

Jane Hirshfield, photo by Nick Rosa

環太平洋的想像力を持つ詩人

ジェーン・ハーシュフィールド（一九五六年生）は八歳で英訳俳句に出会い、大学時代に日本の宮廷文学を専攻し、その後日本文学研究を深めるため、サンフランシスコのタサハラマウンテン禅センター（曹洞宗の僧院）で八年間禅の修行に打ちこんだ。小野小町と和泉式部の短歌を翻訳した *The Ink Dark Moon: Love Poems by Ono no Komachi and Izumi Shikibu, Women of the Ancient Court of Japan*（『墨色の月――小野小町と紫式部の愛の詩』）が共訳書の代表作であるが、その他にも詩論集があり、精力的に詩集を発表している。ハーシュフィールドの詩は、仏教、東洋文学とアメリカ文学の融合、いわば環太平洋的想像力によるものであると同時に、イマジスト詩人以後ケネス・レクスロス（Kenneth Rexroth）からスナイダーへと続いてきた東洋の文学に関心を持った詩人たちの系譜にあるとも言えよう。

著者は、これまでに長岡技術科学大学の学長戦略経費の支援を得て、日本と所縁のあるハーシュフィールドの二度の来日を企画し、獨協大学と早稲田大学における二回の詩の朗読会を開催した。その際に、彼女の代表作を翻訳し、微力ながら日本に紹介を行ってきた。ハーシュフィールドと著者とは、二〇〇八年、スナイダーを通じて知り合うことができた。ハーシュフィールドはスナイダーの熱心な読者であり、大学時代にスナイダーのワークショップに参加していた。スナイダーも亡妻キャロル・コウダとともに彼女の作品を読んでいる。

著者が彼女に翻訳に関する拙い質問をさせてもらい、朗読会の連絡を取り始めた時期に、アメリカでは大統領選挙が行われていた。バラク・オバマ（Barak Obama）が大統領選挙に当選したときの彼女の歓喜の電子メールに、政治に対する並々ならぬ情熱を持つ詩人と感じ入った。また、彼女の穏やかな声による朗読は、比較的短い詩の中に、深い意味が込められていることが特徴である。聴衆は彼女のスピリチュアルな朗読に聴き入る。反対に、小野小町や和泉式部の翻訳や芭蕉を講じ、論じる際はとても情熱的である。穏やかでしっとりとした朗読と、講演での情熱は対照的で印象に残った。

本章では、ハーシュフィールドの二〇一〇年以降の作品に視点を当て、彼女の評論及び環境詩学の可能性を探求していきたい。

詩論『十の窓』

さて、はじめに詩論『十の窓――偉大な詩はいかに世界を変えてきたか』（*Ten Windows: How Great Poems Transformed the World*）の内容について概略する。彼女は、前作のエッセー集、『九つの門——詩の心に入る』(*Nine Gates: Entering the Mind of Poetry*) から「詩がどのように機能するか」という疑問をもとに継続的に現代詩研究を行っている。例えば、アメリカの詩の歴史を踏まえ、大きな影響を与えた詩人として、ソロー、ディキンスン、チェスワフ・ミウォシュ (Czesław Miłosz)、そして松尾芭蕉を挙げる。エッセー集のタイトルとなった「窓」に関する言及は、主に第八章である。ハーシュフィールドが、アメリカの詩の伝統をどのように捉えているのか、詩の「窓」とは一体何なのか、彼女の批評家としての一端を紐解いてみよう。

また、ハーシュフィールドは、アメリカ詩をアメリカらしくするのは、まずもって「ウォルト・ホイットマン」であるとし、その理由を「ヨーロッパ借用の思想、音韻、イメージ、形式、慣例を排して、日常生活、人々が歩き、働き、眠り、食べる、愛する地方の土地に根差す詩を、すべての人々、物事、存在の人間主義の楽天的な主張」にしたとする。そして、「ホイットマンをもって、アメリカ詩は、大胆さ、慈悲、恥ずかしさを見出した。」と言及する。ホイットマンの詩における、生命の賛美、同性愛などが挙げられるだろう。そして、ホイットマンがもたらした遺産は、"Voice"であるとし、それは詩の在り様や言説における、開放性、好奇心、透過性、雑種性として顕れるとする (Hirshfield: 2015, 225–6)。

続いて、小学校の教科書にも取り上げられるもう一人の国民的詩人ディキンスンの作品に対するハーシュフィールドの分析から、「詩の窓」とは何か見てみよう。ディキンスンの「私たちは暗闇に慣れる」を引用しながら、驚くべき言葉の組み合わせと、その文法の規則を敢えて破壊することにより、月が顕れる闇、星が姿を見せない闇への転換と同時に、この瞬間に、外から内側への視点の転換がおこり、「窓の瞬間」（window moment）が生じるとする（Firshfield: 2015, 151）。
　それでは具体的に、ハーシュフィールドの詩において「窓の瞬間」はどのように顕れるだろうか。次の代表作「狭さ」を例に考察したい。

Day after day,
my neighbors' cats in the garden.

Each in a distant spot,
like wary planets.

One brindled gray,
one black and white,
one orange.

They remind of the feelings:
how one cannot know another completely.

The way two cats cannot sleep

in one patch of mint-scented shade. (Hirshfield: 2012, 14)

来る日も来る日も、
庭には私の隣人である猫。

それぞれ離れた場所、
まるで用心深い惑星のように。

黒っぽい灰色が一匹、
白黒が一匹、
茶が一匹。

彼らを見ているとあの気持ちを思い出す。
他者を完全にわかることはどうやってもできないということを。

ミントの香りのする木陰の同じ一画で、
だから二匹の猫は眠れない。

口語自由詩で、第一スタンザから第二スタンザまでは四、六シラブルで、名詞節のみの端的な表現、第三スタンザは四シラブルの連続で強調される。その後第四スタンザで文法がかわり、節で長い文章になるという変化が起こると同時に、この詩がただ単に猫の情景の描写だけでなく、感情の理解つまり、「他者を完全にわかることはどうやってもできない」ことに気づかされる。これが「窓の瞬間」である。つまり、「窓の瞬間」は、シラブルやトーンの繰り返しなどによる音声、文法的な変調、同時にハッとさせられるような言葉の組み合わせによる内容の急激な変化によって引き起こされる。これにより、読者は詩の深淵に入り込み、ここでは他者を理解することの困難さを認識する。そして、「窓の瞬間」の後で、猫がいる場所のミントの香り、木陰の光り、猫を囲む空間の匂い、光、空気を知覚できるのだ。

知覚的探求

詩集『おいで、泥棒』(*Come, Thief* 2012) のタイトルは、仏教の物語に因んで名づけられた。その物語は次の通りである。自分の庵を探して帰宅した禅の隠者は、泥棒にあい、家の隅にある鍋以外、すべて盗まれてしまったことに気がついた。彼は泥棒を追いかけて、「待て、こら、これを忘れるな」と叫んだ。「これ」とは、時間である。人間にとって時は泥棒のように人間の何かを奪う(高橋 179)。このような示唆に富むタイトルを持つ詩集には、生態学的目覚めをテーマとした詩がある。ここでは、その中の一篇、「野生の李(すもも)」(Wild Plum) を引用する。語り手は、枝から枝へと動き、李を摘むリスを捉えている。

A gray squirrel tests each plum with his nose,
moving from one to another
until he feasts.

It is like watching the ego,
moving from story to story.

A man is proud of his strong brown teeth,
though all his children have died.

This tree the one he was given,
its small, sustaining fruit, some green, some yellow.

Pits drop to the ground,
a little moistness clings in the scorings.

The left-behind branches

winch themselves silently upward,
as if released from long thought. (Hirshfield: 2012, 47)

灰色のリスが鼻で李をひとつひとつ試す、
あちこち、動きながら
うまそうなものに当たるまで。

まるで自我を見ているよう、
物語から物語へと動く。

男は強い茶色の歯を誇りに思う、
けれども男の子供は皆死んでしまった。

その男が与えられたこの木、
小さい実がなりつづけ、緑や黄色になる。

種子核は地面に落ち、
その跡にわずかな湿り気がくっつく。

残った枝は

静かに上の方へ巻きあがる、

あたかも長い思考から解き放たれたように。

上記の詩は口語自由詩で、語り手はリスの動きを観察するが、「私は」という一人称の語りは詩語として現れない。語り手は、リスが李の味を確かめて次々と枝を動く様子を見、「まるで自我を見ているよう、／物語から物語へと動く。」という人間の心の動きと一致させる。つまり、私たちが常に選択をしながら生きている様子を捉えているのである。二〇一三年のインタヴューによれば、「リスは、決心させられているように見えました。禅の有名な格言「完全な道は難しくない、取ってしまったり選んだりしなければ。」を四十年以上考えています。恐らく、それは私の心の背後にある、リスを見ることだったのです。」と述べている（Personal Interview）。禅の修行では、自我を無くすこと、つまり物や人に対して善し悪しを判断し、エゴに従って選択することを諌めるよう訓練する。ハーシュフィールドは、リスの動き、つまり、周囲、人間を取り巻く世界への感受性により、禅の格言を認識するに至ったのだ。

ハーシュフィールドは環境詩学をどのように捉えているか。インタヴューでは、「すべての存在のとの親密な相互関係を表現することは、詩がどのように作用するのかということとの基本的な土台となる。」（Personal Interview）と述べる。これは松尾芭蕉の三冊子にある「松の木について学ぶなら、松の木に行き、松を学べ」から学んだ教えであり、「私たちはすべての存在に対して身を任せることができ、私たちを通してすべての存在に語らせ、我々に中に生きるということと理解しています。周囲との有機的な関係を維持し、その周囲にある非人間、環境に語らせることにあるようです。」(Personal Interview) と語る。

二〇一三年に行われたキャンセラーの環境詩学実践に関する会議で、ハーシュフィールドは環境詩学の三つの戦略として、「第一に主題材料をはっきりと語ること、第二に、自我や対象の主要言語を脱中心化、分散する擬声語的芸術であること、第三に多方面の見え方による表現」を挙げている(Contemporary Practices Ecopoetics)。第一については、即物的な語りであり、唯物的他者性が想定できる。第二については、フォレスト・ギャンダー (Forrest Gander) の述べる「自我中心作用の分散化」(A dispersal of ego-centered agency)、「間主観性に向かう客観性の新たな方向付け」(A reorientation of objectivity toward intersubjectivity)、「「私」の連続性、「私」は複合的で自己は他者や存在と相関する。」(Gander 11-17) に類似点を見出すことができる。第三については、ハーシュフィールドが芭蕉から学び、禅の経験を通して得られた知覚的探究による「非人間、環境に語らせること」に一致する。

『おいで、泥棒』

アポカリプス、焦眉の急、環境的悲哀

ハーシュフィールドが環境問題への関心を初めて詩にした

のは一九九八年の詩集『重力と天使の中に』（*Of Gravity & Angels*）だったが、以来、人間と環境を巡る詩を継続的に発表してきている。二〇〇一年の同時多発テロ以降、ブッシュ政権はタリバーン政権下のアフガニスタンに報復の爆撃を行った。二〇〇三年のイラク侵攻後の二〇〇四年に、戦争と地球環境破壊が深く結びついていることを警告した詩「地球温暖化」（Global Warming）を発表した。それでは「地球温暖化」を取り上げてみよう。

When his ship first came to Australia,
Cook wrote, the natives
continued fishing, without looking up.
Unable, it seems, to fear what was too large to be comprehended.（Hirshfield: 2006, 62）

キャプテン・クックの船が初めてオーストラリアに着岸した時に
彼は記録した、原住民たちは顔もあげずに
魚取りを続けた、
どうやらあまりに巨大で理解できない事は恐れることができないようだ

イギリスの海軍士官、探検家である、ジェームズ・クック（James Cook）は、太平洋航海、世界周航を成し遂げ、航海日誌や地図を残した。語りが取り上げるのは、クックが見た原住民たちが魚釣りを続け、クックたちに気がついていない場面である。クックは大航海時代、新航路を発見し、原住民が暮らす島々を発見した。その後植民地となった地域では、原住民にとって「あまりに巨大で理解できない」危機が訪れる。抑圧や殺戮などは言うに及ばない。ハーシュフィールドは大航海時代のクック船長の視点を通して、植民地主義や資本主義偏重によって加速した気候変動へと向かう危機を捉えている。

ハーシュフィールドは、インタヴューで「二〇一四年が分岐点だった。生態系のまさに危機」(Interview by Jessica Zack) と答え、この年に、「言わせるな」(Let Them Not Say) を書いた。それは、ドナルド・トランプ大統領が政権を取るおよそ二年前であった。インタヴューによると、ハーシュフィールドは、この詩を二〇一四年に書いて、しばらくそのまま、未発表にしておいたそうである。しかし、二〇一六年のトランプの就任演説の際に、アメリカ詩人協会が他のどの詩よりもより生命に満ち溢れている詩であると告げ、広く注目されることとなった。以下に全文を引用する。

Let them not say: we did not see it.
We saw.

Let them not say: we did not hear it.
We heard.

Let them not say: they did not taste it.
We ate, we trembled.

Let them not say: it was not spoken, not written.
We spoke,
we witnessed with voices and hands.

Let them not say: they did nothing.
We did not-enough.

Let them say, as they must say something:

A kerosene beauty.
It burned.

Let them say we warmed ourselves by it,
read by its light, praised,
and it burned. (Hirshfield: 2021, 3)

彼らに言わせるな　我々はそれを見ていなかったと
我々は見たのに。

彼らに言わせるな　我々はそれを聞いていなかったと
我々は聞いたのに。

彼らに言わせるな　彼らはそれを食べていなかったと
我々は食べて、震えたのだ

彼らに言わせるな　それは話されも書かれもしなかったと
我々は話したのだ
我々は声と手で証言した

彼らに言わせるな　何もしていなかったと
我々のやったことは不十分だったのだ

彼らに言わせろ　彼らは何かを言わなければならないのだから。

灯油の素晴らしさ。
それは燃えた。
灯油で温まったと彼らに言わせよう
灯油の光りで読み、称賛し、
そしてそれは燃えた、と。

口語自由詩であり、第五スタンザまで「彼らに言わせるな　我々はそれをしていないと」を繰り返す詩的技法を用いる、カタログ詩である。また、「彼ら」と「私たち」の声が響き合う、多声法による語りである。「彼ら」はアメリカの権力、非人道的な立場、「私たち」は民主主義を貫きアメリカで暮らす市民、非人間の生物全体を指す。しかしこれが繰り返され、五感を通じて危機感を伝えた後、一転して灯油のイメージに転じる。大航海時代の捕鯨によってもたらされた鯨油によって、街灯は灯された。その鯨油に代わって、原油採掘がはじまり、石油から灯油は精製された。ここで灯油は、環境を荒廃させる地球採掘のメタファーとして機能している。現代人が地球環境の悪化を招く資源と共存している矛盾を突き、それと彼らの犯したことを重ねることで前景化させようとする。ハーシュフィールドは、インタヴューでは、「環境的悲哀（an impulse of environmental grief）への衝動」（Interview by Jessica Zack）で書いたと述べる。このコメントは、環境的終末論の言説に含まれる危機意識、それらから生じる環境的悲哀（環境退廃、環境への搾取によって生じた嘆き、悲しみを汲みとろうとする衝動）の問題と接続する。ウルズラ・ハイザは、一九六〇年代から七〇年代に危機意識の一形態から、アポカリプスの物語言説が生まれたと述べる（Haise 140）。ローレンス・ビュエルは、『環境的想像力』の中で、「終末論は現在の環境的想像力が思い通りにできる唯一無二の強力な支配的なメタファーである」、「終末論のレトリックは世界の運命が危機意識へ想像的に目覚める時に条件となる」と述べている（Buell 283）。このような初期の終末論において、環境的想像力の支配的な力や警告を投げかけながらの説得や脅迫といった戦略は読者の考え方をかえ、既存のイデオロギーを修正し、捨てさせようと導いた（Stewart & Harding 290）。そうした終末論的な詩として、エド・ロバートソンの「世界の終わりの前に地球を見るために」（To See the Earth Before the End of the World）の冒頭を引用する。

People are grabbing at the chance to see
the earth before the end of the world,
the world's death piece by piece each longer than we. (Robertson 3)

人々は世界の終わりの前の
地球を見るチャンスをつかもうとしている、
ひとかけらずつの世界の死　そのかけらの一つ一つは僕たちよりも長生きなのだが。

ロバートソンは気候変動に伴う終末論的な環境の変化が人類だけでなく、地球上の全生命の絶滅につながることを警告する。繰り返される「世界の終わり」は環境的終末論的な恐怖を助長する。二十一世紀となり、ビュエルの唱えた環境的終末論も少しずつ、修正が提案されている。フレデリック・ビュエル（Frederic Buell）は、「環境危機が日常的になってきた現在に対応して、最も悲しい現実という終末論を捨て、そして社会や環境の変化を直に見、人々が暮らす場所に起こる危機を認識する」（Buell 177）と述べる。「危険に身を置くことは、退廃、修正、重圧を受けやすい肉体や生態系に身を置くこと」である（Buell 202–203）、「この認識によって、環境的、環境社会的悪化のもとで暮らすことと危険を冒すことの重大な影響を感覚として経験することが可能となる」（Buell 206）と述べ、楽観的に人々が環境や社会の保全に向かっていくことを促す。この詩の終末論に近い言説は、沈黙させられるという危機状態に身を置き、人間及び非人間の危機意識を代弁することによって、意識の覚醒を促していると言えるだろう。

それでは、終末論と環境的悲哀はどのように接続するだろうか。エヴェリン・レイリーの「環境詩学の悲哀」から引用する。

もしも市民芸術家という限られた立場における悲哀と環境的悲哀を組み合わせたならば、あなたが執筆する場所はほとんど麻痺したように残忍な状態になってしまう。スキナーは沈黙の力について語ったが、私が思うに直接的行動から生じる力を詠う詩に気をつけるべきではないということだろう。スキナーも多分そうだと思うが、私もそう思うのだが。芸術を通して生まれる力があり、それは押しつぶされそうな悲しみの中でも、その力に不可欠な喜びや芸術的喜びから作用する方法を見つけることにその鍵があるかもしれない。(Reilly 323)

レイリーは、沈黙、つまり想像力によって生まれる芸術による力により、絶望から生じた悲哀が喜びの方向に向かうプロセスを述べている。しかしながら、ハーシュフィールドの「言わせるな」は危機意識、そして絶望の認識から悲哀が生まれているが、喜びの方向には至っていない。むしろ、民主主義の根幹を揺るがす不条理に対する怒りが顕れているのではないだろうか。

同時期に、ハーシュフィールドが暮らす、サンフランシスコベイエリアにおいては、気候変動に伴う山火事や水不足という事態が重なり、詩人たちは「焦眉の急」(Sense of emergency)という感覚に敏感になってきていた。二〇一八年、ベイエリアを拠点とする詩人、カミーユ・ダンジー(Camille Dungy)が中心となり、選集『アメリカ、その名を呼ぼう――抵抗とレジリエンスの詩』(*America, We Call Your Name: Poems of Resistance and Resilience*)が出版された。広範囲におよぶアンソロジーの詩は抑圧に抵抗し、不平等に対して反応し、正義の可能性を幻視する。「言わせるな」が、この詩集の最後の詩として収められたのは、この詩の持つ環境退廃に対する危機意識、抵抗と怒りという影響力によるものであろう。最後に「五日目」という詩の冒頭を引用しよう。

On the fifth day
the scientists who studied the rivers

were forbidden to speak
or to study the rivers.

The scientists who studied the air
were told not to speak of the air,
and the ones who worked for the farmers
were silenced,
and the ones who worked for the bees. (Hershfield: 2021, 105)

五日目に
川の研究をしていた科学者は
話すことを禁じられた
川の研究も禁じられた

空気の研究をしていた科学者は
空気について話すなと言われた
農家のために働いていた者も
黙らされ、

蜜蜂の仕事をしていた者も

「言わせるな」と同様、カタログ詩である。ここでも沈黙させられることが問題となる。ハーシュフィールドによれば、「気候変動に関する情報をすべて変更し、科学者一人一人に権威の承認なしに研究成果について話していけないと、ホワイトハウスが連保政府のために働く科学者に伝えた」ことをもとに詩にしたそうであるが、詩として発表する前に、親友や科学者に送り、発表に賛同を得たことを伝えている（Interview by Jessica Zack）。ハーシュフィールドは、この「五日目」を二〇一七年の四月二十二日のアースデイに、ワシントン広場の四、五万人の聴衆の前で朗読した。

ハーシュフィールドは、アクティビストとしての活動についてもインタヴューで述べており、例えば、「言わせるな」から抜粋した数行を葉書に書いて送ったり、政治家に電話を掛けたことも公表している。これは高校時代にベトナム戦争への抗議運動に参加して以来の抗議活動だった。

このように「言わせるな」は、危機意識を醸成する終末論的な手法を用いており、人間だけでなく環境全体の保全や民主主義に対する絶望から悲哀を描き出している。環境的悲哀は怒りの感情をも醸成し、抵抗の詩としてカリフォルニアの焦眉の急を象徴する詩となりえたのである。

第六章　C・D・ライト
――言語詩、アンビエンス

南部的意識、社会正義、言語詩

この章では、日本ではまだ知られていない詩人であるC・D・ライト（一九四九年―二〇一六年）を紹介したい。ライトはアメリカ南部アーカンソー州、オザーク山脈に生まれた。オザーク山脈はミズーリ州の南部大半とアーカンソー州北西部に広がる山々で、ライトの自然感覚形成に大きな影響を与えている。父は判事で母は裁判所の書記官であり、いわば「南部上流」の出身である。ライトの作品を考える上で、南部の出身であることは大きな前提となる。ライトは一九七一年にメンフィス大学フランス語学科を卒業し、ロースクールで学んだ後に、アーカンソー大学のMFA課程でクリエイティブライティングを学び、一九七六年にMFA（美術学修士）を取得している。作家として出発した後に、ニューヨークやカリフォルニアで暮らし、後にブラウン大学で教鞭を執るためにロードアイランドに移り住んだ。詩人のフォレスト・ギャンダーと結婚し、Copper Canyon Pressを共同運営した。全米図書賞、マッカーサー・フェローシップ賞など、数々の賞を受賞しており、

C. D. Wright, photo by Forrest Gander

二〇一三年にアメリカ詩人にとって名誉あるアメリカ詩人協会理事に就任した。

次にこれまでのライトの作品の特徴について概観しよう。まず、ライトの作品は実験性に富んでいる。彼女は詩の言語や文体に対して実験的であるだけでなく、散文のスタイルも個性的である。また、南部的意識と社会正義感が高いことが特徴である。彼女の作品はオザーク山脈に深く関わっていると同時に、一九六〇年代の公民権運動における南部での経験が強く影響している。

二〇一六年のライトの死後に、アーカンソー中央大学に「C・D・ライト女性会議」が発足したことにも触れておきたい。「C・D・ライト女性会議」の趣旨は、ライトの業績に敬意を払い、女性の文芸への貢献を促進すること目的としている。ライトは一九八〇年代にアーカンソー州のオザークを離れ、ロードアイランドに移り住んだが、その間も、南部のアイデンティティを常に持ちながら、社会正義の視点で、人種、階級、ジェンダーについての創作を続けてきた点を、この会議は評価している。その業績を記念して、本会議では、毎年、年次大会に向けて、黒人、女性運動に関する研究テーマを公募している。

これまで、C・D・ライトについては、北米において、主にフェミニズム批評の観点からの研究がなされてきたが、本章の目的は、ライトのフェミニスト的資質、言語詩的資質に加えて、環境詩・環境詩学へと接続する可能性を考察することにある。

フェミニズムの視点から

一九九〇年代のアメリカ詩壇では、三つのグループ、すなわち「主流派」、「新形式主義派（定型詩や韻の活性化を重視する)」、「言語詩(言語構成のポスト構造主義の考えを進める言語革新派)」があったと言われる。これまでの定型詩にとらわれず、実験的な詩や散文を発表してきたライトの作品は、言語詩に含まれている。しかし、言語詩で知られる詩人たちの大半は男性詩人であり、女性詩人は主にリン・ヘジニアン(Lyn Hejinian)やスーザン・ハウ(Susan Howe)などに留まっている。ライトは言語詩におけるジェンダーアンバラスの再検討によってようやく注目された詩人である。そのためライトに関する先行研究は、本章で引用するケラーの論考だけとなっている。一九九三年の詩集『僅かの呟き』(*Just Whistle*)から「雄鶏の鳴き声の個体発生に関する非の打ちどころのない概要」(A BRIEF AND BLAMELESS OUTLINE OF THE ONTOGENY OF CROW)を取り上げてみよう。

Tonight one said Bluets the other said
Goosefoot one said Hungry the other said
Hangnail it said Spanish bayonet it said
Daylilies it said Hotel it said
Matches it said Sickle senna it said
Feverfew the one said Headache the other said
Panties it said Panic grass it said
Clotbur it said Backdoor it would say

Tickets the one said Purslane it would say
Morning glories said one Money said the other
Whistle it said Asshole it thought it said (Wright: 2007, 108)

一方が今晩と言うと　他方は、トキワナズナと言った
アカザと言うと　腹が減ったと言った
ササクレと言うと　イトラン（スペインの銃剣に似た花）とそれが言った
ヘメロカリスと言うと　ホテルと言った
マッチと言うと　鎌と言った
ナウシロギクと一方が言うと　頭痛と他方は言った
パンティとそれが言うと　パニックグラスとそれが言った
オナモミと言うと　後ろのドアと言うだろう
チケットと一方が言うと　スベリヒユと他方は言うだろう
朝顔と一方が言うと　他方はお金と言った
ヒユウと言うと　馬鹿野郎と言ったようだった

タイトルの"crow"は「カラス」の解釈も可能であるが、「雄鶏の鳴き声」という性差に関わる語義ととるのが適切だろう。「雄鶏の鳴き声の個体発生に関する非の打ちどころのない概要」は、口語

自由詩であり、実験的な詩のカテゴリーに含まれると考えられる。全体を通して、「一方が言った(one said)、他方が言った(the other said)」という詩語を繰り返し、雄鶏の大きな鳴き声(コケコッコー)と雌鶏の鳴き声の違いに着想を得ているのが特徴だ。"one"が前者で女性、"the other"が後者で男性であるが、規則正しく男女が登場するわけではなく、時折入れ替わる。ケラーが指摘するように、男性については、ホテル、お金などの社会やビジネスと関わっており、女性については、家庭内のこと、養育やガーデニングに関わる(Keller: 2010, 39)要素が含まれているという解釈も想定可能だろう。「パンティ」という詩語が現れるが、本詩集では「パンティを身に着けたもの」が女性の表象として、「それを見るもの」が男性の表象としてすでに登場しており、女性のステレオタイプを端的に表す表象である。ケラーは、「ライトが知覚と社会的同一性を決定づける言語に大きな関心を持っており、『僅かの呟き』では、究極的に「肉体」がほぼ心理的状況「になる」と示唆しているようにも見える。その状況を追求し、生態学によって負わされる限界へ挑戦するライトのやり方は、形式や知性の程度を変化させるような緊張状態から把握する必要がある。」(Keller: 2010, 37)と述べる。「生態学によって負わされる限界」は、初期のフェミニズム運動で目的とされた女性をめぐる状況の回復と一致する。つまり、ライトの描く女性のステレオタイプ、すなわち女性たちが社会的な関係を断たれ、家庭内に追い込まれてきたためにガーデニングに関わる語と結び付ける点は、初期のフェミニストたちが家庭に閉じ込められた抑圧と闘った点に響くものがあるだろう。また、女性が植物や鳥の名と結び付けられ、男性が武器や商業主義に関する用語、つまり、自然を破壊するものと結び付けられているのは、男性と女性の二極化を内包し、知覚と社会的同一性を一致させる言語的手法であると言ってよいだろう。

人新世における環境詩としての『深い影にたたずんで』

『深い影にたたずんで』（*Casting Deep Shade*）は、二〇一九年C・D・ライトの死後に刊行された、二五九頁にも及ぶ長篇である。ライトのブナの木（Beech）に関する強い関心に基づき、彼女独自のリサーチと、彼女の写真だけでなく、写真家デニー・モアース（Denny Moers）による芸術的写真、そして彼女の詩を組み合わせたドキュメンタリーとなっている。

ライトのこれまでの代表的作品に、全米図書賞受賞作である『一人は他者とともに』（*One With Others*）がある。これも公民権運動の歴史に関して新聞報道やインタヴュー、彼女の詩を組み合わせた、複合的なドキュメンタリーである。この詩の語り手であるライトの指導教員は、アーカンソーで起こった公民権運動に唯一参加した白人であった。

『深い影にたたずんで』

ドキュメンタリーという手法では『一人は他者とともに』とこの『深い影にたたずんで』は類似している。しかし両者において大きく異なるのは、『深い影にたたずんで』の語り手「私」は、オザークに住んでいた頃のライトを思わせるものの、主人公はブナの木、つまり、非人間であることだ。本作品の根底にはブナへの強い意識があり、ブナの諸相、つまりその歴史、語源、文字を刻むという銘板機能や墓地での役割をドキュメンタリー手法で追跡していると捉えることができるが、しかしながら、本作の核心は、ブナへの知覚的探求によってブナとの新しい関係性を生み出している点だと考えた方がよいだろう。人間よりも長く生きることができるブナが持つ時間と合衆国に分布する空間とを基軸としながら、深い時間（地中に深く刻まれた時間）と広い空間における人間活動とブナとの「共生」がいかに行われてきたかを示すドキュメンタリーなのである。

ブナと人間活動との関わりの歴史という視点を射程に入れると、人新世に関わる議論との接続に可能性を見出すことができる。つまり、詩は、人新世への挑戦として、長期的人間活動の影響やプラスチックや化学物質など人間と環境の健康に有害な物質に関する問題を取り上げるようになった（Keller: 2017, 7）。ダナ・ハラウェイによれば、人新世の議論は、グローバリゼーションという大問題を思考、理論化、類型化、管理する方法を見出す努力であり、完新世の時代に起こったこと、つまり、非人間種の大量殺戮、植民地主義に起因する原住民の殺戮、資本主義がもたらす資源枯渇、エネルギー消費、ダメージを受けた地球の発達なども含まれる（Haraway: 2016, 49）。ケラーは、詩における人新世への試みを「自意識的な人新世」と定義する。地球の現状や完新世の種の運命に対する責務を人間が背負う時に、「自意識的な人新世」の定義により、「この時代の認識の変化を示していくことができる」とし、文芸批評として、科学的な現実よりも文化的な現実に応じていくと述べる（Keller: 2017, 2）。同時に、ケラーは、人新世は、報いを受けるような傲慢、うぬぼれ、神々に対する不遜の感覚を助長すると指摘する（Keller: 2017, 6）。したがって、人新世の議論は地質学においてエコクリティシズムにおいても多くの警告を発するものである。

ブナとの空間的時間的感覚

それでは、ライトはブナとどのような知覚的探求を行ったのだろうか。本作品の冒頭において、ライトはブナと人類の歴史について、つまり、ブナとの時間的な起源に遡る。

Ranks as "not particularly outstanding" according to the Forest Service.
Stone Age men dined on beechnuts with their clubby hirsute hands.
Iron Age man made beechnut flour.
Native Americans made beechnut flour.
Most runes were carved in yew but beech was an acceptable substitute.（Wright: 2019, 2）

森林局から「とりたてて珍しくない」とランク付けされる。
石器時代人は、慣れた毛深い手でブナの実を食した。
鉄器時代人はブナの実の粉をつくった。
アメリカ原住民もブナの木の粉を作った。
ほとんどのルーン文字はイチイの木に彫られたがブナは無難な代用品だった。

人類文化史では新石器時代は完新世から始まる。紀元前一一〇〇〇年年から前六〇〇〇〇年、旧石器時代頃、北米ではパレオ・インディアン期であり、北米先住民において、尖頭器等の初期狩猟文化が発達した。紀元前八〇〇〇年から前七〇〇〇年のアーケイック期は、漁撈、採集そして後に農耕を組み合わせて適応していった時代である。人々は石器で植物や果実を磨り潰した。人類の歴史とともに、人間はブナの実を食し、鉄器時代には、道具を用いてブナの実を粉砕し、粉にした。

ゲルマン民族が使用した最古のアルファベットは三世紀頃からスカンジナビア半島北部で用いられ、一方、五世紀にはアングロサクソンの祖先もイギリスで使用した。その文字を彫るためのイチイの木がない場合はブナで代用されるほど、ブナは人類の歴史に寄り添ったものだった。森林局の「とりたてて珍しくない」というランク付けからは、古来人間が生きていくために必要な量を確保することができたろうこと、乱獲の対象にはならなかったことが想起される。このようにブナの樹皮と実は、石器時代から人類の文化と生活を広く支えてきたのである。

それでは、空間的な起源はどうだろうか。ブナにはヨーロッパ系とアメリカ系がある。ニューイングランドのロードアイランドはヨーロッパ系のブナの生息地であるが、英国領の植民地時代にヨーロッパから持ち込まれ生息しているのだろう。アメリカ系のブナは南東部で生き延び、最大の木々はオハイオ州とミシシッピ川の峡谷にあって樹齢三〇〇年から四〇〇年であるという（Wright: 2019, 14）。この頃は、イギリス領北米植民地が北部から南部へ拡大していった時代である。イギリス領北米植民地の最南端はジョージア州であり、ミシシッピ川とその支流であるオハイオ川の峡谷には、この植民活動は及んでいない。したがって、アメリカ系とヨーロッパ系は、生息地から区別することができ、中東部より西側は北米大陸固有種である。葉脈に関して、アメリカは十五ペア、ヨーロッパ系は五―九ペアと記録する[1]（Wright: 2019, 8）。ブナの根については「根を張ることはおそらく最も重要なことだが、人間に魂が必要であるのと同様にはほとんど認識されない」（Wright: 2019, 22）。本作でもブナの主根が不可欠ではなく、地表の象足のように広がる枝根の様子が写真とともに描かれる。ブナが根を張ることと人間がルーツを持つことの親和性が述べられ、木にとっての養分と人間にとっての魂の関係が提示されている。

ブナの木の語源、アンビエント感覚

一方ブナの語源については次のような無題の詩がある。

First page
　of literature
in Sanskrit
　on beech
The runic tablets
　on beech
First books
　were beech
In Sanskrit

the Vedas
who knows
who wrote
Old English
on bound
beech
bark（Wright: 2019, 50)

サンスクリットの
文学の
最初のページは
ブナの上に
ルーン文字の銘板は
ブナの上に
最初の本は
ヴェーダの聖典
誰が知ろうか
誰が書いたのか

古英語は
　　束ねられた
ブナの
　　　樹皮

ブナの樹皮が、サンスクリット、ゲルマン語系の元祖ルーン文字、ヴェーダの聖典の本となってきたことを「ブナの上に」（on beach）の反復により伝える詩である。Beechの語源は、アングロサクソン語で、boc、木や文書、文字を指していた。古英語ではbech、中世英語ではbeche、beetch、beeche、ドイツ語の語源ではbeceなどであったことが示すようにブナがアングロサクソン系の書物に関わる語と関係を持ってきた（Wright: 2019, 50）。また、アメリカにおいてはブナと墓地に深い文化的関係がある。十七世紀以降宗教の自由を求めて英国から移民してきたアメリカ人にとって、墓地公園は彼らの宗教や文化的アイデンティティを確立するのに重要な役割を担ってきた。「一八三一年オーボーン山墓地公園はアメリカ最初の「田園墓地」であるが、数多くの美しいブナの生息地でもあった」とライトは述べる（Wright: 2019, 157）。故人がその下に眠っていることを示す墓石、その墓石をブナの木々が取り囲み、人々の死を見つめてきた。ブナ、墓石、そして墓石を訪れる人々の間の空間には、慰め、悲しみ、鎮魂という感覚と共に相互の関係性が生じている。これは、フレッチャーのアンビエント感覚に共鳴するものではなかろうか。ライトが思いを寄せる詩人のロバート・クリーリー（Robert W. Creeley）の灰はオーボーン山墓地のブナの木の下に眠る。彼の墓石の碑文"Look/At/The/Light/Of/This hour."（この瞬間／の／光／を／見よ）（Wright: 2019, 158）が本作に引用される。

証言の木

次に、北米において、ブナの樹皮に文字を刻む「彫刻樹」が取り上げられている。ライトによれば、「彫刻には、自伝の木、イニシャルツリー、傷跡ツリー、入れ墨ツリー、バレンタインツリーがある。」とする。アメリカ開拓時代のヒーロー、ダニエル・ブーンに関する最も知られたブナ彫刻「ダニエル・ブーン／凍える／この木の／幹に／一七六〇年という年。」（"D. Boon/Chilled/A Bar/On this Tree/In Year 1760."; Wright: 2019, 160）を見てみよう。この木は実際には一九一六年に切り倒されており、本当にダニエル・ブーン自身が彫ったどうかは長い間議論されている。なぜなら彼が読み書きができたかは疑わしく、ブーンの直筆ならば署名となる"e."があると言われるからだ（Wright: 2019, 160）。上記の引用がなされた後に、ブーンに関する更なる研究に言及した上で、ライトは、ローズビルのフルソン歴史協会の館長からライト宛てに送られた手紙と写真を引用し、テネシー州南ルイジビルのイロコイ公園にある一八〇三年の彫刻にブーンのものである確証があるとする（Wright: 2019, 161）。

彫刻によって時代を証言した木としては、チェロキー族語の音節文字表が刻まれたブナの木の例がある。チェロキー族の学者セコイヤ（一七七〇年?—一八四三年）は一八二一年に八十六文字からなるチェロキー語の音節表を完成させた。ノースカロライナ州にあるセコイヤ墓地には、音節表が刻まれた自然石（粗石）がある。しかし、チェロキーには音節表が記されるブナの木が現在でも生きている。ライトは本作で、二〇一三年の合衆国教育省の識字調査結果「国民の十四％が字が読めない、二一％の大人が小学校五年生レベル、十九％の高卒者が字が読めない」ことを引き合いに出す一方で、「セコイヤの音節表が印刷されて六年でチェロキー国（族）の九〇％は字が読めた」事実に感嘆を示す（Wright: 2019, 64）。

チェロキー族は、白人の文化を積極的に取り入れた部族と言われるが、セコイヤという混血青年が音節文字を作ったことにより、北アメリカで唯一文字を持つ先住民とされる。一八三〇年の強制移住法により、オクラホマ州とノースカロライナ州に強制移住させられた。白人の文化を積極的に受け入れ、文字の持つ文化を有するために生き残ったチェロキー族に対して、移住者との戦いによって殺害された部族の歴史も想起される。「木は数多の侮辱を受けることもできる。特に老年や心の病。一般的に木は飢餓や枯渇で死ぬ。」（Wright: 2019, 134）。植民地主義、資本主義の犠牲となった先住民同様、木も人間活動による侮辱や侵害を受けてきたことを語るのである。

ライトの知覚的探求が問うもの

『深い影にたたずんで』において、ブナと人間の間に、空間的時間的感覚、「書物」の語源となるような深い文化的関わりがあり、アンビエンスの感覚や証言の役割が深められていることを考察してきた。特にブナとの空間的時間的感覚については、そこに深い時間や生態地域が存在することが理解できた。アングロサクソン系とブナ及び書物は、語源からも深い関係性が明らかとなった。アメリカ人はブナの樹皮に文字を彫刻してきたが、ブナが樹皮を人間に提供してもブナには耐性があったことが相互に共存できた原因と言えるだろう。ブナとの関係が歴史的に地理的にいかに形成されたかを考察することにより、完新世の植民地主義、資本主義、気候変動、過剰な人間活動、及び非人間への搾取の事実が前景化される。

また、写真を提供したモアースは、「芸術は以前に感じたことがないことを見ること」（Wright: 2019, 39）と述べているが、まさにライトの詩の目的の一つは「新しい感覚」の追求にあると言える。「雄鶏の鳴き声の個体発生に関する非の打ちどころのない概要」も鳥との知覚の追求により、雄鶏と雌鶏の鳴き声に自然と抑圧された自然表象を前景化し、『深い影にたたずんで』では、ブナとの知覚を汲みあげ、ブナつまり、他者であり同時に非人間である存在との様々な感覚を集合的に蓄積させている。これらの知覚的探求は、非人間である存在との時間的空間的な深い経験をもとにしながら、ジェンダー意識、社会正義、植民地主義、資本主義、気候変動の諸問題を我々に問いかけているのである。

第七章　ルイーズ・グリュック
——語りと他者性

ポスト告白詩の詩人

ルイーズ・グリュックは、一九四三年ニューヨーク市に生まれ、ロングアイランドで育った。サラ・ローレンス・カレッジとコロンビア大学で学んだが、両校とも卒業していない。グリュックはその詩の技巧的な正確さ、孤独や家族関係、離婚といったテーマへの深い洞察、鋭い詩的感性でよく知られ、最も才能ある現代詩人の一人として評価されている。

詩人グレース・カバリエリ (Grace Cavalieri) が行ったグリュックへのインタヴューに基づいて、彼女の経歴を紹介しよう。二〇〇三年から四年まで、彼女はアメリカ第十二代桂冠詩人 (the 12th US Poet Laureate) を務めた。グリュックにはこれまでに十二冊の著書があるが、個々の作品に与えられる際だった賞として、一九九三年の『野生のアイリス』(*The Wild Iris*) でピューリッツア賞、ウィリアム・カルロス・ウィリアムズ賞、二〇一四年の『忠実で高潔な夜』(*Faithful and Virtuous Night*) で全米図書賞、二〇一二年『詩集　一九六二年—二〇一二年』(*Poems 1962–2012*) でロサン

Louise Glück

ゼルスタイムズ図書賞を受賞した。作品全体に与えられる際だった賞として、ロックフェラー財団賞、ボーリンゲン賞、グッゲンハイム奨学金、ニューヨーカーマガジン図書賞詩部門、レベッカ・ジョンソン・ボビット賞詩部門、ウィリアム・カルロス・ウィリアムズ賞、ボストングローブ出版賞、全米図書批評家サークル賞、アメリカメルビルケーン賞を受賞している。そして、二〇二〇年ノーベル文学賞を受賞している。受賞理由は「彼女の狂いのない声に、個人を普遍的な存在にする正確性が伴っている」。グリュックはウィリアムズカレッジ、ハーヴァード、コロンビア、ブランディーズ、カリフォルニア大学バークレー校、アイオワ大学で教え、現在はイエール大学で教えており、マサチューセッツ州のケンブリッジで暮らしている。一九六八年の『長子』（*Firstborn*）、七六年の『庭園』（*The Garden*）、八〇年の『堕落した人物』（*Descending Figure*）、八五年の『アキレスの勝利』（*The Triumph of Achilles*）、そして先述の『野生のアイリス』と『アララト山』（*Ararat*）が代表作である。

その詩の特徴について江田孝臣は「アメリカ現代詩において、経済格差、人種民族差別、ジェンダーをめぐる諸問題、環境、戦争等々の主題であふれている。グリュックの詩には、ほぼどれも見出せない」。また「饒舌を排して、言葉を切り詰めるのはグリュックの大きな特徴だ。これはモダニズムの特徴でもあるが、その先駆となったエミリ・ディキンスンの詩も思わせる。」（江田 123）と述べるように、グリュックの詩は、アメリカ社会を反映した社会的政治的主題を訴える詩とは一線を画し、生きる苦悩、自分との対話、魂の救済、母との葛藤などが、時に神話の登場人物を借りて登場する。また、これまでグリュックはフェミニスト詩人として捉えられてきた。例えば、アン・

ケニストン（Ann Keniston）は「グリュックの詩において女性性の範囲との関係に焦点が当てられてきたのは、彼女の詩が創作時の歴史的文化的コンテキストを伴ってきた理由により重要である。」と述べるが（Keniston 75）、この指摘はグリュックの作品の全貌を捉えている点で賛同できる。その他は女性性に焦点が当てられた研究である。リー・アプトン（Lee Upton）は『放棄のミューズ――アメリカ五詩人における元型、アイデンティティ、修養』（*The Muse of Abandonment: Origin, Identity, Mastery in Five American Poets*）において、『アララト山』における告白的な啓示という儀式やグリュックのペルソナに見られる個人的価値が「世界的な」評価に抵抗すると述べる（Upton 18）。またユタ・ゴスマン（Uta Gosman）は『詩の記憶――プラス、ハウ、ヒンセー、グリュックにおける忘れられた自己』（*Poetic Memory: The Forgotten Self in Plath, Howe, Hinsey, and Glück*）において、グリュックの詩が「ポスト告白詩」であることを認め、一九五〇年代から一九六〇年代の告白詩を書いた詩人[1]とは対照的な頼りない非個人化した語りの立場をとっているのは、T・S・エリオットの影響からであり、心理分析的に、つまり、心理過程、自由連想、記憶に関わっていると指摘する（Gosman 18）。デセールス・ハリソン（DeSales Harrison）は、『精神の終焉――ハーディ、スティーブンズ、ラーキン、プラス、グリュックにおける知性の果て』（*The End of the Mind: The Edge of the Intelligible in Hardy, Stevens, Larkin, Plath, and Glück*）において、主にシルビア・プラス（Sylvia Plath）の声との類似点や、グリュックの詩の声の作品ごとの変化を考察している。

　先行研究では、このようにグリュックの詩における技巧、つまり、語りやそれに伴う声と詩人本人との関係に着目し、フェミニズムや告白詩を書く詩人たちと比較考察されていた。本章では、グリュックの詩的技巧である語りに加え、本著のテーマである、他者性、アンビエンスを考察していきたい。

アメリカ的ナルシズムと語り

まず、エッセー集『アメリカの独自性』(*American Originality: Essays on Poetry* 2017) の第一章における「アメリカの独自性」と「アメリカ的ナルシズム」をもとに、グリュックの述べる「アメリカ的元型」、ナルシズム、語りについて論点を確認してみたい。

本作では合衆国の建国の歴史的経緯を踏まえ、「地方的かつ人種的」特質、「白人のアメリカ神話」を基軸としながら、アメリカ原住民やアフリカ系に対しては政治的社会的抑圧の歴史があったことを認め、その原因には自らの共犯的態度があったことを厳しく示唆する。「このアメリカの神話は自己創造 (self-invention) のイメージと物語において、入念に作り上げられ、そこにおいては気力と果敢さ、獲得が持久力、不屈の精神よりも称揚される。」(Glück, 2017: 3)、そして「この自己創造は確認や確証を必要とし、新しいものを認めようとするものが集まって社会を形成する。このようにしてアメリカ人が「独自性」(originality) と呼ぶ最高の賞賛の言葉が生まれてくる。この独自性は模範やテンプレートとして繰り返し可能なものでなければならない。そうして追い越された過去を未来に統合し、自分は始祖となるのである。」(Glück, 2017: 6)、「詩人は背教者のようでなければならない、と同時に、美的な商品を、それもすぐに新しさが理解され、模倣が可能であるようなものを生み出さなければならない。これがアメリカの文化も時代も要求しているアメリカ的元型である。」とする（Glück, 2017: 6）。

次に、グリュックのナルシズムを概観する。グリュックはその最初でかつ模範的な例が、十九世紀のホイットマンにあるとする。「模範的自己表明としてのホイットマンの態度は、ナルキッソスの示した島国的（偏狭）で優越的自我とはかなり異なっている。」とし、ホイットマンが「サイモン　セズ」の命令遊び（"Simon says" と指示されたときのみ命令に従うゲーム）のように反復することを要求すると述べる（Glück, 2017: 10）。ここで彼女が「ナルシズムの根底には暗黙のヒエラルキーがある。つまり、唯一目に見える他者は自己だけである。」と述べていることは重要だ。しかしながら、ホイットマンが数々のカテゴリーと一般化を使用し、民主主義への頑固なこだわりを加えると、このヒエラルキーが消滅してしまう。「彼の詩行が、その形と音が、その皆飲み込もうとする意志が、ナルシズムの限定されたまなざしとは背馳する。ナルシストは他者を軽蔑し、そのことによって罰を受ける。ホイットマンにはそのような軽蔑心はない」（Glück, 2017: 10）。以上のように、グリュックは、詩人ホイットマンの業績を評価し、ナルシズムが有する「階層（ヒエラルキー）」と「目に見える他者は自己だけ」という点を問題提起しながら、『草の葉』における一貫した一人称の語りと、彼の民主主義の意識によって、克服できたことを評価するのである。

柴田元幸は、『アメリカン・ナルシス――メルヴィルからミルハウザーまで』において、ハーマン・メルヴィル（Herman Melville）の『白鯨』の冒頭を引用し、ナルシスは水に映る自身の像が自分の鏡像だとは思わず、水の中に別の人間がいると感じる。つまり、この神話においては「他者」が「もう一人の私として認識され」、「自分を対象化、他者化」しているのだと指摘する（柴田 6）。

柴田の『白鯨』をもとにしたナスシズムにおける他者性は、グリュックの述べる「目に見える他者は自己だけ」に類似するもので、アメリカ的なナルシズムと言うことができるだろう。

グリュックがナルシズム論を展開する主な理由の一つは、詩における自己規定つまり、語りへの強い関心にあると言えるだろう。グリュックは「親密でかつ共謀性を持つT・S・エリオット的一人称」、「シルビア・プラスのような綱渡り的一人称」(Glück, 2017: 13) を例にあげるが、これらは、ディキンスンの「注意深く守られた秘密をもらす」ことや「(読者を特権化するために) 緊張感のある、暗号化した、限られた選択であることを意図した開示」に辿ることができると指摘する (Glück, 2017: 11)。また「瞬間に古の時間的特質を吹き込み現在を悲劇化する傾向はリルケにある」とする (Glück, 2017: 13)。グリュックは、ライナー・マリア・リルケ (Rainer Maria Rilke) によればナルシズムには「謙虚さ」、「分離」、「好奇心」の要素があると述べるが (Glück, 2017: 18-20)、同時期のアメリカ詩においては、「自己に対する窃視的関係がある」と指摘するのは興味深い (Glück, 2017: 13)。

『アメリカの独自性』から語りとナルシズムに関わる論点をまとめると、アメリカ的自己創造は、「模倣が可能」でなくてはならず、ナルシズムにはヒエラルキーと「目に見える他者は自己だけ」という他者性が存在するが、ホイットマンの『草の葉』における一貫した一人称の語り手である「僕」と、彼の民主主義の意識により克服できた。グリュックのナルシズムへの関心は、詩における自己規定への関心によるものであるが、ではエリオット、プラス、ディキンスン、リルケを経て、如何なるナルシズムを確立しようとしているのだろうか。「目に見える他者は自己だけ」というアメリカ的ナルシズムに対して、グリュックは如何にして挑んでいるのだろうか。次にグリュックの語りを時代順に見てみよう。

他者の理解を拒む語り

まず、グリュックにおけるネガティブな語りを考察してみたい。彼女は高校生の頃、神経症による拒食症で悩まされたが、後に克服したことが知られている。初期の詩には、失望、死をテーマにした詩を書いているが、その執筆時代を反映してプラスや、ジョン・ベリマン（John Berryman）などの告白詩を思わせることは多く指摘されている。第一詩集『長子』には、堕胎手術後の経験や夫の無関心に関する詩があり、男性との関係における、緊張感、絶望などがテーマとなっている。初期の代表作「疑似貞節」（Mock Orange）を以下に引用する。

I hate them as I hate sex,
the man's mouth
sealing my mouth, the man's
paralyzing body —

and the cry that always escapes,
the low, humiliating

premise of union — (Glück, 2012: 147)

私はセックスが嫌いだからそれ（花々——筆者注）も嫌い
私の口を塞ぐ
男の口
男の麻痺させる体——

そしていつも口から洩れてしまう叫び
低く、屈辱的な
結合の前提

上記の引用の詩において、語りは詩人の声を思わせる女性であり、男性への強い嫌悪感や男性による差別的態度を顕わにしている。語りがこのような女性の立場を擁護することにより、フェミニストを表明すると考えられてきたことも至極当然であろう。語り手一人称の「私」はナルシズムを有し、自己の秘密を開示しながらも、他者が仲介する余地もないだけでなく、読者の理解を敢えて拒もうとしている。

さらにここで一九九〇年の詩集『アララト山』における「信用のない語り手」（The Untrustworthy Speaker）を引用し、語り手の在り様を考察してみたい。

Don't listen to me; my heart's been broken.
I don't see anything objectively.

I know myself; I've learned to hear like a psychiatrist.
When I speak passionately,
that's when I'm least to be trusted.

It's very sad, really: all my life, I've been praised
for my intelligence, my powers of language, of insight.
In the end, they're wasted—

I never see myself,
standing on the front steps, holding my sister's hand.
That's why I can't account
for the bruises on her arm, where the sleeve ends. (Glück, 2012: 216)

私の話を聞かないで。心がボロボロだから。

何もかも客観的に見れてない。

自分のことはわかっている、精神科医のように聞くことを学んだけど。
私が感情的に話すとき
それが最も信用ならないとき

とても悲しい、本当に。これまで、自分の
知性、言葉の力、洞察力をずっと認められてきた。
結局、無駄だった——

私は決して自分を見ない、
玄関の階段に立って、姉の手を握っている。
だから袖先の彼女の傷跡の
説明ができないのだ。

この詩は前述の「疑似貞節」と比べてみると、女性の意識を前面に出すものではない。代わって、一人称の語り手が、「私が感情的に話すとき／それが最も信用ならないとき」と自己開示し、自分の弱点を暴露する。さらに次のスタンザで「自分の／知性、言葉の力、洞察力をずっと認めてられてきた。／結局、無駄だった――」と告白し、読者は語り手の語りを信用してよいか疑念が生じてしまう。このようにして読者からの理解を強く拒んでいる。この「姉」は、グリュックが幼い時に亡くなった姉を思わせ、語り手は死の世界の姉の傷ついた手を握り、絶望の極みにある。その絶望を徐々に露わにしていく。このようにこの語り手には、自己に対する欺瞞や絶望からナルシズムが感じられ、語りかける他者に自己を見ているようにも見える。

神話を題材とした詩における語り

グリュックは、ギリシャ神話に着想を得た数々の詩集として、『堕落した人物』、『アキレスの勝利』、『牧草地』（*Meadowlands* 1996）を執筆している。次に引用する詩は、『牧草地』に収められている一篇である。『牧草地』の構成に目を転じると、『オデュッセイア』に基づいており、ギリシャ神話のイタケーの王でトロイ戦争の英雄オデュッセウス、その妻ペネロペ、息子テレマコスに関わる詩に加えて、儀式、ギリシャの島イタケーをうたった詩、複数の「牧草地」という題の詩がある。詩集『牧草地』は、「ペネロペの歌」から始まる。語り手の一人称「僕」はテレマコスであることが大半だが、時に別の人物の場合もある。ペネロペは二人称「あなた」、オデュッセウスは三人称「彼」という人称関係である。ただしペネロペをタイトルに持つ別の詩の場合、ペネロペが一人称「私」として語るなど、詩集を通して一定ではない。本詩集ではテレマコスに関わる詩が一番多いため、次に「テレマコスのジレンマ」（Telemachus' Dilemma）を引用する。

I can never decide
what to write on
my parents' tomb. I know
what he wants: he wants
beloved, which is
certainly to the point, particularly
if we count all
the women. But
that leaves my mother
out in the cold. She tells me
this doesn't matter to her
in the least; she prefers
to be represented by
her own achievement. It seems
tactless to remind them
that one does not
honor the dead by perpetuating
their vanities, their

projections of themselves.
My own taste dictates
accuracy without
garrulousness; they are
my parents, consequently
I see them together,
sometimes inclining to
husband and wife, other times
to *opposing forces.* (Glück, 2012: 334)

僕は両親の墓に何を書くべきか
決められない。僕は
彼の望むことがわかる　彼は
「恋人」が欲しいのだ、それがつまり
肝心な点だ、とくに
もし、すべての女を
数えてみれば。しかし
そうすれば母さんをのけ者にしてしまう。母さんは

そんなこと少しも関係ないと言う。彼女は
彼女自身の成果で評価されることのほうを好むのだ。
人は故人の虚栄心や自己投影を不朽のものとすることで
彼らを称えたりはしないということを意識させるのも
気の利かない話だ。
おおげさにならずして正確に記すことが
僕自身の分別、
彼らは僕の両親、結果
僕は彼らが一緒にいるのをみるし、
時々「夫婦」でいようとする、別のときは
「敵対する力」でいようとする。

ここでの語り手一人称「僕」はテレマコスである。本詩のテレマコスは、母親の立場を擁護し、父親の不貞を認める。しかし、この詩の中で描かれるテレマコスの立場「おおげさにならずして正確に記すことが／僕自身の分別、」には、公平な態度や意志が表れている。神話の人物の語りに、家族の葛藤や愛情、別離など、個人の問題から普遍的な関係を投影する、いわゆる寓話の詩であると言えるだろう。本詩集のペネロペに関しては、ゴスマンが、「自分自身と神話の記憶を組み合わせることにより、ペネロペを再創造している。神話の元型を個人的な経験に移しかえることにより、自己を統合、拡大化する」と述べている（Gosman 18）。また、インタヴューにおいて、グリュックは、テレマコスを好み、彼の声を取り上げているが、それにより彼女自身の作品を救ってくれたこともあること、またテレマコスの視点を通して両親の苦悩、彼の罪を描いてきたことを述べている（Interview）。グリュック自身が、少女時代に、父親よりも母親の苦悩を意識して、その後の自己形成をしていることもあり、娘、子供の立場と同じテレマコスの立場の語りの方がより生き生きとしているように感じられる。

『野生のアイリス』における語り

『野生のアイリス』は、夏の庭園を形式とし、植物に関わる詩は、すべて『白花農園カタログ』（The White Flower Farms Catalog）をもとに書かれ、詩の種類と語りが多様な詩集である。インタヴューにおいて、グリュックは『野生のアイリス』に三種類の語り手がいると述べる。第一に、自然界が語り植物の名を持つ詩、第二に人間の語り手が地球に語る詩、第三に人間の存在に対して耐えがたい失望に応える声、自分の母親のような声があると言う（Interview）。ここでは、第一から第三の語りの詩を取り上げ、ナルシズム、他者性について考察する。第二の人間の語りである「夕べの祈り」（Vesper）まずを引用しよう。

More than you love me, very possibly
you love the beasts of the field, even,

possibly, the field itself, in August dotted
with wild chicory and aster:
I know. I have compared myself
to those flowers, their range of feeling
so much smaller and without issue; also to white sheep,
actually gray: I am uniquely
suited to praise you. Then why
torment me? I study the hawkweed,
the buttercup protected from the gazing herd
by being poisonous: is pain
your gift to make me
conscious in my need of you, as though
I must need you to worship you,
or have you abandoned me
in favor of the field, the stoic lambs turning
silver in twilight; waves of wild aster and chicory shining
pale blue and deep blue, since you already know
how like your raiment it is. (Glück, 1992: 38)

あなたは私を愛する以上に　きっと
あなたは野のけものたちを愛しているのでしょう
確かに、野生のチコリとアスターで彩られる八月の野
そのものさえ愛しているのでしょう、
分かっています。私がそれらの花々と自分を
比べてみたら、彼らの感情の幅の方が
ずっと狭くて、問題もない、白い羊
（ほんとは灰色）と比べてみると、私はあなたを称えるのに
特別適しています。それなのにどうして
私を苦しめるのですか。ミヤママウゾリナ、金鳳花は
毒があるために
放牧の群れから守られていると学びました、苦痛は、
私にあなたが必要なのだと気づかせるためのあなたの贈り物なのですか、
あなたを称えるのにあなたを必要としなければならないかのように。
それとも私を見捨ててしまったのですか、
夕暮れに銀色に変わる
禁欲的な子羊たちや、青白くまた紺青に輝く

野生のアスターとチコリの波という
野のほうを選んで、というのもあなたはすでに
それが自分の衣装とよく似ていることをご存じなのですから。

本詩の語り手「私」は庭園で働く女性、「あなた」はグリュックが述べるところの「聖なる他者」、つまり、神、生命の母に近い。本詩の前に収められている同じタイトルの「夕暮れ」でも同様な二人称「あなた」が登場するが、これも人間の存在を越えた他者である。語り手は、自分と花々や羊とを比べながら、「あなた」と「私」、そして「あなた」と庭園の花々や草々との距離感を意識する。語り手は「私はあなたを称えるのに／特別適しています」と「あなた」との親密な距離感を覚える一方で、「それなのにどうして／私を苦しめるのですか。」と「あなた」との関係の苦しみを告白する。つまり、「私」が「あなた」に寄り添う努力をしながらも苦しめられていることを問い、「野のほうを選んで、というのもあなたはすでに／それが自分の衣装とよく似ていることをご存じなのですから。」と自己愛を主張し、見返りを訴える。この点について、ケニストンは、ハロルド・ブルーム（Harold Bloom）が「詩的自己、話し手の中心」として、「ナルシスト的な自己規定（self-regard）」と述べるのを認める（Keniston 76）。ケニストンも「『野生のアイリス』は、エッセーよりも、よりニュアンス的に、包括的

『野生のアイリス』

にかなり統合的に彼女のナルシズム概念が提示されている」(Keniston 76)、「人間の語り手は少なくともナルシズムの誘惑に挑み、外的存在に彼女自身を投影、結果的にその他者に彼女自身を組み込むことを可能にする」と述べる(Keniston 94)など、両者の見解が一致する点である。金鳳花が放牧から身を守ることができるのは、「あなた」、つまり神によって与えられた「毒」や「苦痛」があるからだという詩行からは、「あなた」が生命の多様性の網を司る存在であることも読みとれる。「私」は「毒」や「苦痛」により、人間の弱さや儚さを知ることになる。これが「あなた」を必要とする理由となる。それでは、「私」と花々や草々との関係はどうであろうか。「野のけものたち」(Beasts)という原文からはキリスト教の考えに従って、人間と動物を区別するが、彼らの存在に注意を払っている。

次に、第三の語りの「真夏」(Midsummer)の冒頭を取り上げてみよう。

How can I help you when you all want
different things — sunlight and shadow,
moist darkness, dry heat —

Listen to yourserves, vying with one another —

And you wonder

why I despair of you,
you think something could fuse you into a whole —（Glück, 1992: 34）

お前たちがみな違うものをもとめているのに
どうやって助けろと言うのか——日光と影、
湿った闇、乾いた暑さ——

互いに競ってばかりいるお前たちの声に耳を傾けてみよ——

それでも　考えてみるがよい
どうしてお前たちに絶望するのか、
何かがお前たちを一つにまとめることができると思うか

ここでは創造主、地球としての語り手と人間やその他の生物との毅然とした関係が描かれる。創造主、地球としての語りの詩においては、他者は二人称のみとなることが多い。この語りの詩が詩集に挿入、点在することにより、人間、植物、全能の神の声の違いが特に際立つ効果を生んでいる。そのことを示すために第二の語り「雑草」（Witchgrass）を取り上げてみたい。

Something
comes into the world unwelcome
calling disorder, disorder —

If you hate me so much
don't bother to give me
a name: do you need
one more slur
in your language, another
way to blame
one tribe for everything —

as we both know,
if you worship
one god, you only need
one enemy —

I'm not the enemy.

Only a ruse to ignore
what you see happening
right here in this bed,
a little paradigm
of failure. One of your precious flowers
dies here almost every day
and you can't rest until
you attack the cause, meaning
whatever is left, whatever
happens to be sturdier
than your personal passion —

It was not meant
to last forever in the real world.
But why admit that, when you can go on
doing what you always do,
mourning and laying blame,
always the two together.

I don't need your praise
to survive. I was here first,
before you were here, before
you ever planted a garden.
And I'll be here when only the sun and moon
are left, and the sea, and the wide field.

I will constitute the field. (Glück, 1992: 22–23)

歓迎されざるものが世に
生まれてくる
混乱、混乱と叫びながら――

あなたがもしも私をそんなに嫌がるとしても
私を名付けようとはしないでくれ
あなたの言語に
もう一つ中傷が必要なのか

すべてのことをある種族の責任にする
もう一つのやり方が——

我々両方とも知っているように
もしもあなたが　ひとつの神を
崇拝するというのなら
一つの敵だけで十分ではないか——

私はその敵ではない
まさにこの花壇の中で
起こっていることをあなたが見て見ぬふりをする一つの策略
つまり、失敗の一つの範例　あなたの大切な花の一輪が
ほぼ毎日ここで枯れる
そしてあなたは休めないだろう。
その原因を突き止めるまで、つまり
一体なにが生き残るか
あなたの個人的な情熱よりも
もっと屈強なものすべてとは一体なにかを——

それは現実の世界で
永遠に存続するように意図されたものではなかった
しかし、なぜそれを認めるのか
あなたがいつもしていることを
し続けることができるというのに、
嘆くこと　責めること、
いつもふたつのことを一緒にしつつ

私は生き残るのにあなたの称賛を必要としない
あなたが来る前に
あなたが庭を造る前に
私ははじめからここにいたし
太陽と月だけが、そして、海、広々とした平原が
残されたときでも私はここにいるだろう。

私は平原の一部となるだろう。

「雑草」において、語り手の一人称は雑草であり、問いかける相手は「あなた」すなわち庭師である。「私」は「あなた」に歓迎されず、嫌がられ、庭を無秩序にする存在であることを悟っている。「すべてのことをある種族の責任にする／もう一つのやり方が――」という詩行において、たくさんある雑草でも、一種類をすべてのために抹殺しようとする人間、ひいては合衆国の歴史的残酷さも辛辣に描き出す。また、雑草である「私」は、「あなた」にとっての「敵」、神に対する一つの敵としても機能している。しかし、雑草は、庭師である「あなた」の細心の注意の網の目を通り抜けて生き残り、それは雑草にとっては、「起こっていることをあなたが見て見ぬふりをする一つの策略」であり、「つまり、失敗の一つの範例」ともなっている。最後に雑草は、人間個人の生命以前に存在し、またしたたかに生命を繋いでいることを表明する。このように本詩のストーリーを辿ると、雑草が有する、主流に対するマイノリティ、弱者、厄介者という存在が照射される。語り手が雑草であるが故に、マイノリティや女性の声を連想することも可能で、社会的政治的な立場を含んでいると言えるだろう。この場合、「あなた」は男性の庭師、権力者と解釈できるだろう。また、雑草が語るという点に着目すれば、非人間を含む生命中心の視点となり、雑草を取り巻く感覚、つまりアンビエンスの感覚を描いており、環境詩学の資質を有することになる。次に、語りに着目しよう。雑草「私」と庭師「あなた」との関係は緊張感があり、雑草は無秩序に生え、「歓迎されざるもの」であるため、庭師によって刈り取られ、結果、敵対関係に陥る。「私」は、自分の名前があなた（人間）によってつけられたものと言っているように、「あなた」を人間全体と捉えてもいる。その名前が「あなたの言語」にとっては「中傷」になると投げやりな言い方をする。ついに「私は生き残るのにあなたの称賛を必要としない」ときっぱりと自分の存在と「あなた」を区別するのである。しかし、「夕べの祈り」における「私はあなたを称えるのに／特別適しています」と言い放つナルシズムよりは弱い。本詩の「あなた」は必ずしも自己の投影ではなく、「自己という他者性」はここでは成立していないためである。

多様な語りがもたらすもの

グリュックのアメリカ的ナルシズムから読み取れるのは、彼女が詩における語り、自己規定と自己開示に強い関心を持っている点である。詩人の声と女性の立場の代弁を同一視する読み方により、語りの自己開示性と告白との関連との理由で、これまでグリュックがフェミニストとして見なされてきたことは理解できる。語りが読者の理解を拒み、他者の存在の余地がない詩もある。しかしながら、『野生のアイリス』では、語りの多声、つまり、人間、非人間、全能の神や大地の声により、語り手と他者との関係を支える信仰や物質性への関心が顕れてくる。『野生のアイリス』における人間の一人称の語りにはナルシズムが比較的強く出てきており、他者との関係によって自己規定をする可能性がある。一方で植物つまり、非人間の語りは、人間に向けての語りより、ナルシズムは弱く出てきており、他者との関係によって自己規定する傾向は少ない。

グリュックの詩において、人間の内面に潜在化する問題が、神話の人物など様々な語り手を通して語られ、他者との問答によって徐々に開示されていく。その問答の過程では、語りに投影するナルシズムが、他者の声に映し出されてくる場合もある。一見して平易な表現を持つと言われるグリユックの詩には、苦悩、生死、葛藤、絶望等、人間の苦しみとその救済というテーマが多いが、多様な語りを通して詩人の声が人類共通の苦悩や倫理を代弁し、輻輳的な声を我々にもたらしているのである。

第八章　ジョアン・カイガー
——バイオリージョナリストとしての場所の詩学

Joanne Kyger,
photo by Donald Guravich

カリフォルニアの自然を背景に

ジョアン・カイガー（一九三四年—二〇一五年）は一九六〇年代以降のサンフランシスコを代表する詩人として、広く知られている。それは彼女がアメリカにおけるビート、ジャック・スパイサー（Jack Spicer）のサークル、ボリーナス詩人会、ニューヨーク派、言語詩の詩人などすべてと交友があったことにも起因する（高橋：2012, 223）。またカイガーは、日本滞在中のスナイダーと結婚、四年間京都に滞在し、さらにギンズバーグとインド旅行をした。その旅行記は後に、『日本インド紀行　一九六〇年—一九六四年』（*The Japan and India Journals, 1960-1964*）となった。

カイガーは一九六四年一月二十日、神戸から船に乗り、四年にわたる日本滞在を終えアメリカに帰国、スナイダーが修業を続ける京都に戻ることはなかった。サンフランシスコに到着したとき、カイガーとスナイダーにとって生涯の親友である仏教詩人のフィリップ・ウェーレン（Phillip Whalen）がカイガーを出迎えた。カイガー日本滞在記録『日本インド紀行　一九六〇年—一九六四年』はこの場面で終了する。一九六五年に刊行された彼女の第一詩集である『タペストリーと織物』(*The Tapestry and the Web*)の最終詩がペネロペが織物を織りあげたところで終わることとどこか通底する(高橋：2012, 236–237)。

カイガーは、帰国後の一九七〇年頃からカリフォルニア州のボリーナスに暮らした。著者は二〇一三年にインタヴューの収録のためにカイガーの自宅を訪ねた際に、ボリーナスの特異な地形と海の美しさ、豊かな自然がカイガーの創作に詩的インスピレーションを与えていることを感じることができた。

カイガーはまた、様々な重要なサークルと交友を持ち研鑽を重ねながら、サンフランシスコの大学で詩を教えた。特に一九八〇年代から九〇年代においては、全米各地で詩の朗読会に参加した。チベット仏教の行者であるチョギャム・トゥルンパ・リンポチェ(Chögyam Trungpa Rinpoche)に呼ばれ、ギンズバーグが創作学科の学科長に就任したコロラド州ナロパ大学のサマー・ライティング・プログラム(SWP)で教えたこともあった。SWPはギンズバーグの死後、アン・ウォルドマンが中心となり、現在でも続けられている。ビート女性についての特集が行われたこともあり、カイガーはゲストとして呼ばれ、講演を行った。

ここで本章のもう一つの背景と言える、カリフォルニアの自然の特徴とそれに関わる歴史について、カイガーを考察する前に触れておきたい。

カリフォルニアは、北米で三番目に大きな州であるが、北米の他の地域では類を見ないほど多様な自然、多様な種の動植物が生息している。山々、高山氷河、海岸線、砂漠や砂丘が広がるカリフォルニアは、世界最小の蝶の生息地であり、世界最大の動物であるシロナガスクジラ、世界最大の植物であるジャイアントセコイヤの生息地でもある。シエラネバダ山脈が一四〇〇〇フィートもの高さで聳え立ち、ヨセミテ、セコイヤキングキャニオン国立公園で知られる。州内には他にも八の国立森林、野性生物指定区域がある（Alden & Heath 10）。一八七二年、アメリカが世界に先駆けて制定したイエローストーン国立公園設置法により、世界初の国立公園が誕生するが、カリフォルニア州立公園法がイエローストーン国立公園設置法のための礎となった。国立公園実現に貢献したのは、自然保護団体シエラ・クラブ（Sierra Club）の会長ジョン・ミューア（John Muir）である。カルフォルニア近郊には、ミューアを記念した「ミューアの森」があるように、カルフォルニアは、シエラクラブを中心とした自然保護運動の伝統が現在まで続く町である。これらのカリフォルニアの自然を背景として、カイガーの詩作について話を戻し、その後半生に着目しながら、詩のスタイルの確立と場所の感覚の観点から考察していきたい。

フェミニズムから生態地域主義へ

カイガーは、一九七〇年代から北カリフォルニアでピーター・バーグ（Peter Berg）とレイモンド・ダスマン（Raymond Dasman）が推し進めた「生態地域主義（バイオリージョナリズム）」運動の中心人物でもあった。生態地域とは英語の Bioregion から翻訳された日本語である。"bio"は「生物」、「生命」を意味し、"region"は「地域」を意味する。グレッグ・ガラルド（Greg Garrard）の定義によれば、「自然の境界や山脈、水域、生態系、バイオーム（生物群系）の構成とともにかつて存在した原住民の社会の境界を敬う環境政治的な枠組（ユニット）」を指す（Garrard 118）。つまりその土地固有の土壌や地形が気候や天候にさらされることによって形成された「自然の国」である。つまり、ここでの「生態地域」には太平洋、テハチャヒ山脈、シエラネバダ山脈、カラマス・シスキユ山脈、チェトコ川に囲まれた北米の西の端の孤立した地域に、砂漠、海岸林、火山台地が含まれる。ここに氷河期後期以降を生き抜いてきた固有の動植物が生息する。この自然の国を「断絶国」（Separate Country）と名付け、この土地に定住しようとする運動、つまり、「再定住」（reinhabitation）が起こった。バーグは、一九七八年の『断絶国に再定住する――北カリフォルニアの生態地域選集』（*Reinhabiting A Separate Country: A Bioregional Anthology of Northern California*）において、「「再定住」とは過去の開発によって黙認され傷ついた一つの土地に住み込む（live-in）ことを学ぶことでもある。その周囲の特別な生態学的な関係性を通して土地とネイティブな関係に倣い、その土地を豊かにするような社会活動に関わり、生命を支えるシステム修復し、生態学的で、社会的に持続可能な存在の様式を確立することである」（Berg 217-8）と述べる。

バーグの見解に沿うように、『断絶国に再定住する』では、後にエコクリティシズムで重要な指標となる「場所の感覚」が第一章で、著書のほぼ四分の一を割いて討議されている。その内容はアメリカ先住民のベッシー・トリップ（Bessie Tripp）の土地に根付く治療法に関する伝承史を引用する等、土地とのネイティブな関係を取り戻し、先住民の生き方に倣い、コロニアリズムに対抗するものである。二十一世紀になり、ハイザの重要な著作『場所の感覚と惑星感覚――グローバルな環境想像力』（*Sense of Place and Sense of Planet: The Environmental Imagination of the Global*）においても、一九七〇年代のバーグやダスマンの農家主義的、生態地域主義的な運動が、環境正義運動におけるマイノリティのコミュニティ、伝統、権利に向けられていることが言及される（Haise 29）。ハイザは、個人やコミュニティというものが、自然や現代社会から遠ざけられたもの、グローバル主義に関する長らくあいまいだった問題を回復するための方策となり、さらに地方の「場所」に再接続するという主張につながるなど、個人とコミュニティはアメリカの環境主義において最も強力で特徴的な側面であったと指摘する（Haise 29）。またハイザは「脱領域化」と「エコロスモポリタニズム」という重要な二つの概念を展開しているが、カイガーに関する筆者の分析ではこれら二つを想起することは難しいため取り上げない。

スナイダーは、「生態地域主義」を自営農民的な生活を作り上げ実践した代表的な詩人であり、アクティビストでもある。しかしながら、生態地域主義者の活動はスナイダーやウェンデル・ベリー（Wendel Berry）のように男性中心で取り上げられてきたことは事実であるが、カイガーが「場所の感覚」を表す詩として、次の詩「タマルパイアスのクリスタル」（The Crystal in Tamalpais）をバーグの『断絶国に再定住する』の第一章に寄稿していることは注目に値する。

In Tamalpais is a big crystal. Michael Haner told me
the story. A Miwok was giving his grandfather's medicine bag
to the Kroeber Museum in Berkeley. He said this man took him
over the mountain Tamalpais, at a certain time in the year.

I believe it was about the time of the Summer Solstice,
because then the tides are really low. They stopped and
gathered a certain plant on the way over the mountain. On
their way to the Bolinas Beach clam patch, where there is a
big rock way out there.

Go out to the rock. Take out
of the medicine bag the crystal that matches the crystal
in Tamalpais. And

if your heart is not true
if your heart is not true
when you tap the rock in the clam patch
a little piece of it will fly off
and strike you in the heart
and strike you dead.

And that's the first story I ever heard about Bolinas. (Berg 49)

タマルパイアス山に大きな水晶があるそうだ。 マイケル・ハナーは私にその話を語ってくれた。一人のミォークは彼の祖父の薬袋をバークレーにあるクローバー博物館に寄付した。ハナーが言うには、この男がその年ある時にタマルパイアス山へ彼を連れてきたと。潮位が本当に低くなるからちょうど夏至のあたりだったと思う。彼らは山歩きをしながら道すがら立ち止まってはある植物を集めていた。ボリーナス海岸の二枚貝の多い区画に行く途中で、そこは大きな岩の道がある。

岩に向かって行け、薬袋からタマルパイアス山に匹敵するような水晶を取り出せ、そして

あなたの心が本物でなければ
あなたの心が本物でなければ

二枚貝の区画の岩を叩くと

その小さいかけらは飛び散ってしまうだろう
そしてあなたの心臓に当たり
あなたを殺してしまうだろう

そう、それが私がこれまでボリーナスについて聞いた最初の話だった。

この短詩は、語り手がボリーナスとの出会いをテーマにした、口語自由詩である。散文調ではあるが、中段の反復行により音声的効果がある。同時に、斬新なラインブレイクにより、視覚的効果を有している。語り手は、ボリーナスに移り住んだ詩人であることが分かる。冒頭の一文から、文

法を崩しており、驚かされる。これは直訳すれば、「タマルパイアスに大きな水晶があるの？」となるが、タマルパイアス山はサンフランシスコ湾の西側に位置するマリン郡で最高峰の山である。語り手は大きな水晶があると人類学者のマイケル・ハナー（Michael Haner）から聞いた。ミォークとは北カリフォルニアに住む原住民である。ミォーク族の一人が自分の祖父の薬袋、つまり、生命維持に不可欠なものであり、文化の伝承と成りうるものを、カリフォルニア大学バークレー校にあるクローバー博物館（世界的に有名な文化人類学者フランツ・ボアズ（Franz Boas）の指導を受けたカリフォルニアの文化人類学者のクローバーを記念した）に寄付した。そのミォーク族の祖父の薬袋にはタマルパイアス山だけでとれる水晶が入っていると言うのだ。その水晶は本物の心を見抜くような神秘的なものであることが、文化人類学的な憧憬とあわせて語られる[1]。この詩の特徴は、土地の名前、タマルパイアスやバークレーというカリフォルニアの名前が度々使われていることにある。アンドリュー・シェリング（Andrew Schelling）は、カイガーの『ある生活』（*Some Life*）がバイオリージョナルな資質を有していると指摘する（Schelling 169–170）。カイガーは「場所の感覚」を強く持つ詩人スナイダーが場所に対する強い関心をもとに、詩において場所の固有名詞を多用したことに共鳴している。次に、この詩には女性のフェミニスト詩に独特のコード化、せきらな告白もない。この詩が書かれたのは一九七〇年代後半で、公民権運動、ベトナム反戦運動を経て、女性解放運動がまだ進行しつつあった頃である。同時期に、リッチは、「難破船に乗る」を執筆し、一世代上のビショップは告白詩を書いていた。このような女性詩人にとって革命的な時代であり、一つの分岐点とも言える一九七〇年代において、カイガーは一九五〇年代にフェミニズムを意識した詩集『タペストリーと織物』を書いていたにもかかわらず、本詩はフェミニズム志向を有するものでなく、土地の歴史と先住民の神話、そして「場所の感覚」を特徴とする。つまり、これはカイガーにおけるフェミニズムから場所の感覚、生態地域主義という環境中心的、生命中心的指向への転向を表わしているのである。このような変化を生じさせた原因はいかなるものであったか。その原因を一九七〇年代のカイガーの日常の詩学に見てみたい。

詩人の決意　日常の詩学の確立

カイガーの一九七〇年以降の代表作が『すべてがこの毎日』（*All This Every Day*）と『あなたがとてもよく見える』（*The Wonderful Focus of You*）である。『あなたがとてもよく見える』は次のように始まる。「私は詩人になるつもりだ。私は。ライフは小さなアクシデント（衝突）が用意されている」。カイガーは、駆け出しの詩人の段階からもうひとつ別のステージに入っているようだ。「それを一緒にすることもできる」とは、「ライフ」つまり詩のタイトルの「エブリデイ」、日常の実践と詩人業とを両立できるという実感からきているのではないだろうか。同時期に書かれたタイトルのない次の詩を読んでみよう。

I am afraid
of the time past. . . it is gone
and I

am searching in this present
to get full. . . of its reverberations
　　Give me a little humble pride to tell
　the story
I think I may have to do this forever
　　　just forever & ever（Kyger: 1983, 68）

私は恐れる過去の時間を……
　　もうすぎてしまった
　　そして　私は
この現在の瞬間の中に探している
その反響で　満たされることを
　　ちいさな謙虚な自信を与えてほしい
その話を伝えるための
私はこれをやらなくてはならないと思う
　　これからもずっと

この短詩も口語自由詩、不規則なラインブレイクによる視覚的効果がある。平易な表現の中に、

「この現在の瞬間」、「反響」、「話」という言葉の重みがある。それに比べ、語り手は自信にあふれていることはなく、とても謙虚なのである。「この現在の瞬間」、「反響」、「話」を表現し続ける決意が最終行の「私はこれをやらなくてはならないと思う／これからもずっと」に込められている。「これ」とは、英文上では「話」を指し、この瞬間の反響を物語として紡いで詩としていく決意とも言えよう。この詩には、タイトルがなく、日常のスケッチとも言える。しかしながら、カイガーはこの詩集以後、詩に日付をつけ、日常をスケッチするスタイルを確立するのである。同時期の詩集『すべてがこの毎日』には、次のような短詩「鳥の家族」がある。

Bird family
boat going out to sea
all this
every day（Kyger: 1975, 52）

鳥の家族
船が沖に向かって出る
これがすべて
毎日

俳句に近い短詩であり、語り手の一人称もなく、日常をスケッチした、抑制され、凝縮された内容をもつ詩である。第一行目は「鳥の家族」と名詞で止め、第二行目「船が沖に向かって出る」(boat going out to sea) で用いられる現在分詞 going は船を修飾しているから、この行も名詞句、つまり体言止めである。第三行目と四行目は、意味的には「これがすべて／毎日」(all this/every day) という名詞句であるが、ラインブレイクしている。このように見てくると、三つの名詞句から成り、事物と瞬間の風景を重ねた短詩である。「これがすべて／毎日」からは場所に根付いた日常生活を重んじる日々を想像することが可能である。さて、このような日常をスケッチする手法はどのように形成されたのであろうか。カイガーは、インタヴューで次のように述べている。

> いつも小さな日常を記録するノート(2)をもっており、きりのない「やることリスト」を組み合わせています。日付をページの一番上に書きます。このノートを日中どこに行くにも持ち歩いているんです。旅に出て特別なものを見つけたら、名前、フレーズ、方角、心に入ってきた思考のような情報を書き留めます。そうしなければ、些細なことも忘れてしまいます。日常の交流の局面、観察のすべてをつなぎ留めるのです。(Sigo 127)

『すべてがこの毎日』

インタヴューによれば、日付を付すスタイルは、カイガーの長年ノートを持ち歩く習慣から始まっており、時には日付だけ記録することもあり、またそのメモを注意の目的別に分けて構成することもあるそうである（Sigo 69）。このようにして、日常をノートに記録することを蓄積しながら、それらの日常のスケッチから、詩を構成していくプロセスを確立していると理解できる。

感応の詩学

カイガーは、日本から帰国後、在家禅を実践し、座して瞑想をする習慣を貫いていたようだ。一九九〇年代、ヘレナ・ペトロヴナ・ブラヴァツキー（Helena Petrovna Blavatsky）の自伝をもとに、詩集『ヘレナ・ペトロヴナ・ブラヴァツキーの人生からの寸劇』（*Some Sketches from the Life of Helena Petrovna Blavatsky*）を執筆した。この本の冒頭でブラヴァツキーについて「西洋宗教、心理学、芸術、そして文学に東洋宗教と精神的な思考をもたらした最初の視覚的先駆者、これまでにない敬意をもって、仏教を取り上げた最初の人で、アメリカで仏教の道を始めた」と紹介している[3]。この詩では、ブラヴァツキーの神智学を創設した人生をドラマ風のスケッチとして展開している。神智学は西洋と東洋の宗教の融合を目指し、一九六〇年代のカウンターカルチャー以降のスピリチュアル運動の憧憬の対象となったが、ブラヴァツキーが設立した神智学は、ここでは仏教とヒンドゥー教の叡智を融合したものと記載されている。この寸劇では、ブラヴァツキーの言葉が直接引用され、日常生活を規則正しく「調和」、「良識」をもって生きることの尊さが述べられる。これらの言葉はそのままカイガー自身を反映するものであろう。日常生活をスケッチし、詩にする、その際に、「場所の感覚」に加え、ジャーナルの形式を用いることが、彼女の創作スタイルに合致しているのであろう。また、彼女の伝記の中からイギリスの神学者アニー・ベサント（Annie Besant）を引用するなど、女性運動家への共感とも言える内容が織り込まれている。

ここでこうした彼女のスタイルをよく表わしている晩年の作品「今頃」（About Now）を読んでみよう。

This mooching doe
munching the fallen apples
from the tree outside the door
doesn't even bother to move

when I approach her suggesting
she exit which she does apple
still in mouth bounding
across the overgrazed wild sweet peas

About now
tiny iridescent

pieces of abalone

So intimate these overcast days

Home is the moment

the quail arrive

JULY 23, 2004

(*About Now*, 762)

この鹿はうろうろして

木から落ちた林檎をむしゃむしゃ食べ

全く動こうとしない

私が彼女に出ておゆきと近づくと

彼女は林檎を口に銜えたまま

野生のエンドウ豆を食べつくした

今頃

虹色に輝くちっちゃな
　アワビのかけら
　　　　とても親密
どんよりした日々
　家とはウズラたちがやって来る
瞬間である

二〇〇四年七月二十三日

本詩は口語自由詩で、五つのスタンザ、最後に日付が付されている日記形式である。一人称の語り手が見た「鹿」には角がなかったのだろう、三人称女性 she と表現される。カイガーの自宅には立派なリンゴの木が数本育てられていたから、おそらく自宅の庭を訪問した鹿が想定される。第一スタンザ、「鹿」が庭に現れ、語り手には気づいていない。第二スタンザで語り手が出ていくようにと「鹿」に近づく。出ていくような仕草をする。序章で引いたディキンスンの詩と同様に、第二スタンザで、人間と非人間の交わる感覚が描かれる。その時に、「今頃」という言葉が投げかけられ、アワビの季節に「とても親密」で「どんよりした」日常に対峙する語り手が示される。ここで語りと鳥との間に空間の共有があることに注意したい。驚くべきは、次のスタンザの最終行「家とはウズラたちがやって来る／瞬間である」だ。「家」は空間的な場所や心理的な拠り所ではなく、「瞬間」なのである。なぜ、「家」が空間的な場所や心理的な拠り所ではなく、「瞬間」となるのであろうか。その認識についてカイガーのインタヴューから辿ってみたい。

創作は時と場所において起こり、紙に手書きするか、キーボード入力という物理的な動作によって起こります。実際の時間と空間を記載することが大切であると考えています。作品に日付を付すことで、それは日記に変わるのです。本質的に日記は今どうしているのか書き留めます。今私が考えていることです。私たちは、今という一点の時間において、過去の時間と未来の時間が交差するのをまさに書こうとしています。だから、皆さんにそれがいつであるのかを知ってほしいと思うのです。それが私を支えています。作家は「現在」であると言えます。決して自意識的に創作において「日記」形式を使用しているとは考えていません。(Sigo 134)

カイガーは、自分の創作行為を場所と空間の交点において発生すると考えている。これは、相対性理論の時空間の認識、或いは仏教徒の認識に近い。つまり、カイガーの自己存在の認識は、物理的であるため、「創作は、出来事、偶然の出来事、作家と時と場所の交差点」と感じているのだろう。インタヴューでは、「創作は季節の移り変わり、気候の変化、潮の満ち引きのような自然世界において起こるものです。この「本物の」世界は作家の言葉、ムード、詩神と音楽的に調和します。」(Sigo 141) とも述べているが、カイガーの存在認識が物理的である一方で、「詩神と音楽的に調和」

するような創作を生み出す、その「心」自体をどのように捉えているのであろうか。

詩はとても早く私の中を通り過ぎていくことができます。(Sigo 72)

一つの知覚が次の知覚のすぐあとを追います。いつもどのように心が何かを繋ぎとめるのかを見るのは興味深いことです。そのとき心は次から次へと繋ぎとめていると言えます。(Sigo 73)

この時間と場所の交点に発生する詩はとても早く通り過ぎるので、これをつなぎとめるのが心の役割であるという。カイガーの詩作は、日常生活の観察をもとに、現象学的、唯物的な感覚を記録し再構成することに生まれる。カイガーは、ボリーナスでの生活から、「すべてのもの(思考、夢、物体、空、地球)は生き、相互に依存し合っている」と感じており、それは「仏教的概念」でもあると語っている。二〇一三年以降、アメリカで環境詩学の議論が熱心に行われるようになった。リン・ヘジニアンとともにカリフォルニアの言語詩を先導し、道元に影響を受けたレスリー・スカラピーノ(Leslie Scalapino)は、「「環境的創作」の感覚とは、心が現象であり、土地ではなくその傍にいるものである。創作は土地と心という現象との空間的な関係を形成することにある。」(Ijima 66)と述べている。カイガーとスカラピーノにおける詩と心の物質性と土地や非人間との空間における感覚は、まさに感応の詩学[4]と呼べるものだろう。

終わりに

本著では、日米八人の現代詩人を取りあげ、「アンビエンス」をキーにして、環境詩学における三つの観点、つまり、フェミニズムからエコフェミニズム、日本の災害詩と環境詩学の接続、そして詩学研究と人新世の議論の架橋を目指して考察を行ってきた。

「アンビエンス」についてティモシー・モートンは次のように述べる。「自然の修辞は、私がアンビエント詩学と定義する、周囲を取り巻く環境かもしくは世界の感覚を呼び覚ます方法のようなものに立脚している」（篠原雅武訳）。つまりこれまで論じてきたように、「アンビエンスは、周囲の物、とりまくもの、世界の感覚を意味している」のである。八人の詩人たちそれぞれが、どのように詩でこの問題を深めているのか、ここで改めて振り返ってみたい。

ブレンダ・ヒルマンの環境詩学の核心「環境との詩的関係について対話を広げる」は、まさにアンビエンスで世界に参与することである。人工的に生み出され、地球の生命を劇的に変化させうる「超物資」を扱った詩「ダイオキシンの夕暮れ」では、環境退廃や汚染と感情が関わり合い、歴史を語り、未来へ前進しようとする。社会正義のための抗議の詩においても、「感情の不可能な状態や社会的な事柄を言語化」することで対話を行い、世界との関係を構築している。また、ヒルマンはフェミニストたちの「断片的なあるいは非連続的技法」を用いながらも、フェミニストたちが女性の権利の回復や多様な性の在り方を目的にした点とは異なる、環境的退廃や社会正義に関する表象を創造している点が重要である。

和合亮一の災害詩においては、原子力発電所事故後の福島という場所の感覚が表出される。詩「無人の思想」においてはエコロジカル・アポカリプス、詩「QQQ」で描かれる除染と大地との相互関係においては汚染の言説と、エコクリティシズムの資質が豊富なことを明らかにした。さらに災害直後の和合の場所の感覚は「無人」、「残された」というメタファーと結びついており、これらを経由して日本の災害詩とエコクリティシズムの接続をすることができた。なお二〇二一年、東日本大震災後十年を経て、和合は詩集『Transit』を刊行しているが、その中の一篇「Time Passes」では、福島という場所の感覚が希望のメタファーと結び付けられるなど、変化が生じているのは興味深い。

続いてフェミニスト評論家、詩人として活躍してきた高良留美子の二十一世紀における意義を提議した。彼女の「女であることへのコンプレックスや自己嫌悪」という個人的な問題が、ものと関係や他者性を獲得することを経て、より普遍的な資本主義が抱える地球規模の問題の自覚へと繋がっていった過程において、フェミニズムからエコフェミニズムという視点を見出すことができた。中でも高良の「産む者の声」は高良の長年の問題意識が重層的に形成された優れた詩であると信じる。

アン・ウォルドマンは女性ビート詩人として、「早口女」を発表し、フェミニスト宣言（フェミナミスト）した。その後、トランスジェンダーや生命中心的な視点を併せもつ詩学、アウトライダーを確立した。アウトライダーにおいては、異種（ジェンダー、非人間）とのコミュニケーションを通して、詩人が音を聞き取り、周囲の環境を音で再現するが、それによってハラウェイの「重要な他者性」としての伴侶種やスキナーの「動物の有声化」に共振する関係を構築している。また、二〇一八年の詩集『トリックスターフェミニズム』に見られるように、ウォルドマンのフェミニズムは、エコフェミニズムを経てさらに深化し、神話との融合を詩とパフォーマンスで実現させようとするものである。

ジェーン・ハーシュフィールドについては、アンビエントの感覚が顕れた詩「野生の李」と、二〇一〇年以降の、特にトランプ政権以降の彼女の詩とアクティビストとしての側面を捉えなおした。彼女の従来の瞑想的な穏やかな詩に加え、危機意識を有する抵抗の詩は人々に覚醒を促した。人間だけでなく環境全体の保全や、民主主義に対する絶望からの悲哀、環境的悲哀を描き出している。

C・D・ライトの詩集『深い影にたたずんで』では、人間とブナとに生じる知覚を汲みあげ、様々な感覚を集合的に蓄積させている。ブナとの知覚的探求は、まさにアンビエンスを前景化し、ブナとの時間的空間的な深い経験をもとにしながら、ジェンダー意識、社会正義、植民地主義、資本主義、気候変動の諸問題を我々に問いかけるのである。

ルイーズ・グリュックについては、論の射程を『野生のアイリス』に限定し、語りによって社会的政治的立場を代弁していることを考察した。人間以外の語りや、人間と非人間との関係性にアンビエンスが顕れており、同時にフェミニストの立場に限定されない人間性への深い洞察が内在するのが特徴的である。

最後に第八章ではジョアン・カイガーの場所の感覚が顕れた詩をとりあげた。これまで、生態地域主義の実践者は男性中心に論じられてきたが、彼女の詩に内在する生態地域主義とポストコロニアリズム指向は人間中心主義を鋭意に批判している。また、カイガーの現象学的かつ唯物的な感覚を記録、再構成する詩作は、スカラピーノが提唱した「環境的創作」感覚に共振する、詩と心の物質性と土地や非人間との空間における感覚、感応の詩学なのである。

このように環境詩学の本質は、対象の物質性を基盤としながら、ブレンダ・ヒルマンが「環境との詩的関係について対話を広げる」ように、詩人が詩言語を通して世界と向かい合い、「人間以上の」感覚でそれを汲み取り、それらを名づけ、それらの想念を言語化していくことにある。環境詩学が照射する対象は、今後の気候変動や環境退廃、災害により、さらに多様性を増していくだろう。したがって、我々はさらなる表象を汲みあげるためのコンセプトや指針を必要とするだろう。また、環境詩学を通じて、再評価しなければならない詩人がいることを感じている。

本著を執筆中、筆者の脳裏を離れなかった言葉がある。

(世界には不平等、不条理があるが——筆者注)それらは言葉で言い表すことができない。できることは名前を呼ぶこと。それが詩の使命だ。ただ、場所の名前(地名)を呼び、認識し、その苦悩を思い出す。

これはジェーン・ハーシュフィールドの言であるが、「アンビエンス」の感覚を汲みだしながら「名前を呼ぶ」ことが詩の使命なのではないだろうか。

ここで本著の背景について、少々個人的な話にもなるが触れさせていただきたい。二〇一一年の東日本大震災発生時、著者は新潟県に住んでおり、日常生活の様々な場面で福島からたくさんの方々が避難されていたことを実感していた。災害の大きさに塞ぎ込む毎日であり、自分自身の無力さを痛感していた。しかし環境文学に関する国際会議の発表を聞いていたとき、震災後、様々な詩歌が生まれていたにもかかわらず、エコクリティシズムと日本の詩が接続されていないことに疑問を感じたのである。そこで早速、福島の方々や被災者の方々に詩学研究で貢献できないかと模索するなかで、和合氏、本田一弘氏、大口玲子氏、照井翠氏の作品を研究対象としてとりあげることとなった。その後、拙著『ゲーリー・スナイダーを読む』を担当してくださった思潮社の遠藤みどりさんの紹介で、和合氏と直接知り合うことができたことは幸いであった。ジュディ・ハレブスキ准教授と和合作品の英訳を進める過程で、和合氏のアメリカでの初の朗読会と講演会をハレブスキ准教授が勤務するドミニカン大学で開催した。その際には、奇しくも二〇一九年のピューリッツア賞受賞の数か月前であったが、アメリカを代表する現代詩人フォレスト・ギャンダー氏が講演会に来てくださった。さらに和合氏とブレンダ・ヒルマンの対談を収録できたことによって、二人に共通する、汚染や環境退廃に対する態度、詩の執筆法など、たくさんの論点をいただいた。インタヴューの合間にヒルマンの夫であるロバート・ハスからの助言を得たことも貴重な経験であった。そして二〇二〇年春、ギャンダー氏を通して、ウィスコン・マディソン大学のリン・ケラー教授の『環境詩学を再構成する――人新世を意識した北米詩』と出会い、ケラー教授から助言をいただいた。環境詩学を先導するケラー教授の著書のおかげで、北米の環境詩の全貌が見えたことが、本著の執筆へと著者の背中を押してくれた。ギャンダー氏が、ケラー教授がまだ取り上げていないC・D・ライトの『深い影にたたずんで』を勧めてくれたことにも触れたい。このようにして、環太平洋的な環境詩学論が誕生したのである。

なお第一章「ブレンダ・ヒルマン」、第四章「アン・ウォルドマン」、第五章「ジェーン・ハーシュフィールド」については、それぞれ発表での原稿をもとに、本著を編むに当たって大幅な修正を行った。第二章「和合亮一」は「現代詩手帖」二〇二一年三月号に発表した原稿を加筆修正した。第三章「高良留美子」、第六章「C・D・ライト」、第八章「ジョアン・カイガー」は書き下ろしであり、第七章「ルイーズ・グリュック」は、二〇二〇年のグリュックのノーベル賞受賞後の研究発表を元にしている。

本著の執筆に至るまでに、多くの方々から発表の機会、ご助言を頂戴してきたことに触れさせていただき、この場をお借りしてお礼申し上げたい。二〇一九年に日本英文学会第九十一回全国大会、日本アメリカ文学会東京支部例会におけるアメリカ女性詩人に関するシンポジウムにお声がけくださった関西大学の髙橋美帆教授、日本工業大学の関根路代講師。また、同年日本アメリカ文学会中部支部例会においてご助言をいただいた青山学院大学の結城正美先生に感謝を申し上げる。新潟大学の佐々木充名誉教授は、二〇二一年の現在も新潟表現文化研究会（コロナ禍になってからはメールによる研究会）を毎週開催され、本著の数章についてもご指導・助言を頂戴した。研究会の発表に際しては会員の皆様から助言を頂戴した。佐々木名誉教授の依頼でグリュック研究に着手し、その研究発表に対して長畑明利教授、竹野富美子准教授、鵜殿えりか名誉教授よりご助言を頂戴したことにも感謝申し上げる。

そして本著をお読みくださった読者の皆様に心より御礼申し上げたい。至らぬ点もあるかと思うが、忌憚のないご意見をいただき、今後の指針とさせていただきたい。

本著の出版を快く受けてくださった思潮社の皆さま、粘り強く原稿の改善に向けて励ましてくださった、遠藤さんに深く感謝申し上げます。この場を借りてカルフォルニアの方々にお礼申し上げます。本著執筆を導いてくれたフォレスト・ギャンダー氏、長年に渡り太平洋を越えて一緒に翻訳と研究に取り組んでくれるジュディ・ハレブスキ准教授、表紙絵を描いてくれた赤松怜さんにも心から感謝申し上げます。最後に、博士論文執筆以来二十年にわたりご指導いただき、著者の原稿について懇切丁寧に助言を頂いている恩師の佐々木名誉教授に、改めて深い感謝の気持ちを捧げたいと思います。

注

序章　人新世の環境詩学

（1）　野田寿編訳『色のない虹　エミリー・ディキンソン詩集』（ふみくら書房、一九九六年）一七〇―一七三頁。

（2）　ヒュー・ケナーは、八連とも一連が二十七シラブルからなり、どの連も二十七音節が一、三、九、六、八音節ずつに五行に配分されていると指摘する（Harold Bloom, ed., *Modern Critical Views: Marianne Moore*. Chelsea House, 1987.）。

第一章　ブレンダ・ヒルマン――環境詩学を牽引して

（1）　ボブ・マリー（Bob Mary）。一九四五年―八一年。ジャマイカのレゲエミュージシャン。

（2）　セサル・バジェホ（César Vallejo）。一八九二年―一九三八年。ペルーの詩人。

（3）　ウィリアム・ブレイク（William Blake）。一七五七年―一八二七年。イギリスの詩人、画家。

（4）　アミリ・バラカ（Amiri Baraka, 別名リロイ・ジョーンズ〔LeRoi Jones〕）。一九三四年―二〇一四年。アメリカの詩人。

第四章　アン・ウォルドマン——フェミニズム、エコフェミニズム、動物の肉声化

（1）第一世代は、ジャック・ケルアック（Jack Kerouac）やギンズバーグと同時代であった、ヘレン・アダム（Helen Adam）、マドリン・グリーソン（Madeline Gleason）、デニース・レヴァトフ（Denis Levertov）、ルース・ワイス（Ruth Weiss）を挙げ、第二世代は、ダイアン・ディ・プリマ（Diane di Prima）、ジョアン・カイガー、ジョイス・ジョンソン（Joyce Johnson）、アン・チャーターズ（Anne Charters）、ブレンダ・ブレイザー（Brenda Frazer）、第三世代は、ジャーニーン・ポミー・ヴェガ（Janine Pommy Vega）、そしてウォルドマンを挙げている（高橋「環太平洋文学における女性詩人の詩学」十二頁）。

（2）解釈は以下の通り。「五種の存在要素（地・水・火・風・空）にはみな響きがある。十種の世界（十界：地獄・餓鬼・畜生・阿修羅・人・天という六趣（道）に聖界にある声聞・縁覚・菩薩・仏の四つの世界）は言葉をもっている。六種の認識対象（六塵：色・声・香・味・触（＝外）・法塵（＝内））はことごとく文字である。悟りの当体（法身）とは実相である」（空海　一五五頁）。

（3）高橋「アメリカ現代詩人 Anne Waldman とソローの『市民の反抗』」十八頁。

（4）二〇〇七年以降、植物、動物、特に絶滅に瀕した動物をテーマにした以下の作品。*Jaguar Harmonics: Person Woven of Tesserae*（2014）、*Gossamurmur*（2013）、*Manatee/Humanity*（2009）、*Red Noir & Other Pieces for Performance*（performance pieces）（2007）。

第六章　C・D・ライト——言語詩、アンビエンス

（1）葉の葉脈は「ペア」として数える。

第七章　ルイーズ・グリュック――語りと他者性

（1）　一九五〇年から一九六〇年頃のアメリカにおける自己暴露的なアメリカ詩人、ロバート・ローウェル、シルヴィア・プラス、アン・セクストン、ジョン・ベリマン等を指す。

第八章ジョアン・カイガ――バイオリージョナリストとしての場所の詩学

（1）　インタヴューにおいて「水晶は私にとって、自分が生活している場所について心を開き、敬意の心を持ち続けることを意味している」と述べている（Personal Interview, September 14, 2013）。

（2）　インタヴューにおいて「五・五インチ、八・五インチの大きさでプラスチックの螺旋状に綴じられている真っ白なスケッチブックをノートして使っている」と述べている（Personal Interview, September 14, 2013）。

（3）　カイガーはブラヴァツキーを特筆すべき神智学者とみなしている。彼女がサンタバーバラに暮らしていた頃に、近くに神智学者がいたことをインタヴューで述べている（Personal Interview, September 14, 2013）。

（4）　デイヴィッド・エイブラムは、*The Spell of The Sensous* において、現象と人間の肉体的な相互交流によって生まれる感覚的身体的な体験について述べている（Abram 81-82）。

『仮面の声』土曜美術社、1987年
『高良留美子の思想世界　自選評論集６　見えてくる女の水平線』御茶の水書房、1993年
『続・高良留美子詩集』現代詩文庫224 思潮社、2016年
E・W・サイード『故国喪失についての省察１』大橋洋一・近藤弘幸他訳、みすず書房、2006年
斎藤環「傷から言葉へ、言葉から傷へ」「現代思想」2011年７月臨時増刊号 青土社、2011年 pp. 20-23
佐成謙太郎『謡曲大観第三巻』明治書院、1931年
篠原雅武『人新世の哲学――思弁的実在論以後の「人間の条件」』人文書院、2018年
柴田元幸『アメリカン・ナルシス――メルヴィルからミルハウザーまで』［新装版］東京大学出版会、2017年
高橋綾子「アメリカ現代詩人 Anne Waldman とソローの『市民の反抗』」「ヘンリー・ソロー研究論集」第35号、日本ソロー学会、2009年、12-22頁。
――、「ジョアン・カイガーの『タペストリーと織物』」「国際文化表現研究」国際文化表現学会、第８号、2012年３月31日
――、「環太平洋文学における女性詩人の詩学」「シルフェ」第52号、シルフェ英語英米文学会、2013年、11-28頁
高橋綾子・小川聡子編著『現代アメリカ女性詩集』思潮社、2012年
ダナ・ハラウェイ『伴侶種宣言――犬と人の「重要な他者性」』永野文香訳、以文社、2013年
照井翠『龍宮』角川書店、2013年
『道元禅師禅宗　第三巻　正法眼蔵３』水野弥穂子訳注、春秋社、2006年
『原田勇男詩集』思潮社、2016年
『ベルクソン全集２　物質と記憶』田島節夫訳、白水社、1965年
『磐梯　本田一弘歌集』青磁社、2014年
和合亮一『詩の礫』徳間書店、2011年
――、『ふたたびの春に　震災ノート20110311→20120311』祥伝社、2012年
――、『廃炉詩篇』思潮社、2013年
――、『QQQ』思潮社、2018年

——, *Casting Deep Shade*. Copper Canyon Press, 2019.

Zack, Jessica. "Jane Hirshfield's political poetry is going viral. She wishes it wouldn't" Datebook, March 5, 2020 Updated: March 5, 2020, 5:48 pm https://datebook.sfchronicle.com/books/jane-hirshfields-political-poetry-is-going-viral-she-wishes-it-wouldnt, accessed on September 11, 2021.

［インタヴュー・オンライン資料］

"Jane Hirshfield: Contemporary Practices Ecopoetics." Recorded at the 2013 Poets Forums as part of the Chancellors Discussions. https://www.youtube.com/watch?v=4MZl5mdCzuY&t=549s, accessed on September 11, 2021.

Anne Waldman, Toi Derricotte, and C. D. Wright discussed their thoughts on the state and nature of contemporary poetry. *Academy of American Poets*, 21 Oct. 2015, http://www.annewaldman.org/lectures-panel-discussions/, accessed on November 14, 2019.

Interview, "Red, White, and Blue: Poets on politics," Poetry Society of America, 2012. Available at https://poetrysociety.org/features/red-white-blue/brenda-hillman-1, accessed September 17, 2021.

"Chancellor Conversations: In Search of Poetry Today." At the 2015 Poets Forum, Chancellors

Memorious 12 Phoebe Reeves: An Interview with Brenda Hillman Available at http://memorious.org/?id=284, accessed September 20, 2019.

Personal Interview with Jane Hirshfield, recorded September 13, 2013.

Personal Interview to Joanne Kyger, e-mailed September 14, 2013.

Personal Interview to Brenda Hillman & Wago Ryoichi recoded on January 3, 2019.

Personal Interview to Brenda Hillman, e-mail to author, September, 2019.

2　邦語文献・資料

イーフー・トゥアン『トポフォリア人間と環境』小野有五・阿部一共訳　せりか書房、1992年

江田孝臣「ルイーズ・グリュック紹介　ノーベル文学賞受賞まで」「現代詩手帖」２月号、2021年　120-7頁

清岡卓行「感想」第６回〈現代詩人賞〉選考のことば　1988年

『空海コレクション２』宮坂有勝監修、筑摩書房、2004年

『高良留美子詩集』現代詩文庫43 思潮社、1971年

——, *Mountains and Rivers Without End*. Counterpoint, 1996.

——, *danger on peaks*. Shoemaker-Hoard, 2004.

Staples, Heidi Lynn & King, Amy. *Big Energy Poets: Ecopoetry Thinks Climate Change*. Blaze VOX Books, 2017.

Stein, Gertrude. *Tender Buttons*. Dover, 1997.

Stewart, Kathleen, and Susan Harding. "Bad Endings: American Apocalypse". 2 Annual Review of Anthology 28, no. 1 (1999): pp. 285-310. Doi; 10, 1146/annurev.anthro.28.1.283.

Upton, Lee. *The Muse of Abandonment: Origin, Identity, Mastery in Five American Poets*. Lewisburg: Bucknell University Press, 1992.

——, *Fast Speaking Woman: Chants and Essays*. City Lights, 1996.

——, *Vow to Poetry: Essays, Interviews & Manifestos*. Coffee House, 2001.

——, *In the Room of Never Grieve: New and Selected Poems 1985-2003 Companion audio Cd enclosed*. Coffee House Press, 2003.

——, *Civil Disobediences: Poetics and Politics in Action*. Coffee House Press, 2004.

——, *Outrider*. La Alameda, 2006.

——, *Manatee/Humanity*. Penguin Poets, 2009.

——, "Fast Speaking Woman, Backdoor Playhouse. Tennessee Tech. Cookeville, TN." *Anne Waldman*, 2 Dec. 2010, www.annewaldman.org/readings-performances-2010.

——, *Jaguar Harmonics: Person Woven of Tesserae*. The Post-Apollo, 2014.

——, *Jaguar Harmonics* (music by Devin Brahja Waldman, Ha-Yang Kim, Daniel Carter). Fast Speaking Music, 2014.

——, *Trickster Feminism*. PenguinBooks, 2018.

Waldman, Anne. "Anne Waldman, Devin Brahja Waldman, Vincent Broqua, atelier Michael Woolworth, Paris." *Anne Waldman*, 7 May 2019, www.annewaldman.org/readings-performances-2019/.

Waldman, Anne, & Webb, Marilyn. ed. & Birman, Lisa ed. *Talking Poetics from Naropa Institute: Annals of the Jack Kerouac School of Disembodied Poetics*. Vol. 2, Shambhala, 1978.

Wright, C. D. *Like Something Flying Backwards : New & Selected Poems*. Bloodaxe, 2007.

——, *One With Others: A Little Book of Her Days*. Copper Canyon Press, 2011.

Hume, Angela & Osborne, Gillian, ed. *Ecopoetics: Essay in the Field*. University Iowa Press, 2018.

Iijima, Brenda, ed. *eco language reader*. Nightboat Books, 2010.

Keller, Lynn. *Thinking Poetry: Readings in Contemporary Women's Exploratory Poetics*. University of Iowa Press, 2010.

——, *Recomposing Ecopoectics: North American Poetry of the Self-Conscious Anthropocene*. University of Virginia Press, 2017.

Keniston, Ann. *Overhead Voices: Address and Subjectivity in Postmodern American Poetry*. Routledge, 2006.

Knickerbocker, Scott. *Ecopoetics: The Language of Naturre, the Nature of Language*. University of Massachusetts Press, 2012.

Knight, Brenda. *Women of the Beat Generation: The Writers, Artists and Muses at the Heat of a Revolution*. Conari, 1996.

Kyger, Joanne. *All This Every Day*. Big Sky, 1975.

——, *The Japan and India Journals, 1960-1964*. Nightboat, 1981.

——, *About Now: Collected Poems*. National Poetry Foundation University of Maine, 2007.

Moore, Marianne. *Complete Poems*. Penguin, 1994.

Morgan, Bill. *The Beat Generation in San Francisco: A Literary Tour*. City Lights, 2003.

Morton, Timothy. *Ecology Without Nature: Rethinking Environmental Aesthetics*. Harvard University Press, 2007.

Reilly, Evelyn. *Styrofoam*. Roof Books, 2009.

——, "The Grief of Ecopoetcis." Interim 29, no. 1-2 (2011): pp. 320-23.

Robertson, Ed. *To See the Earth Before the End of the World*. Wesleyan University Press, 2010.

Schelling, Andrew. *Wild Form & Savage Grammar: Poetry, Ecology and Asia*. La Alameda, 2003.

Sigo, Ceder, ed. *Joanne Kyger, There You Are: Interviews, Journals, and Ephemera*. Wave Books, 2017.

Skinner, Jonathan. *Birds of Tifft*. BlazeVOX Books, 2011.

Snyder, Gary. *Turtle Island with "Four Changes"*. A New Directions Book, 1974.

——, *The Practice of the Wild*. Counterpoint, 1990.

——, *A Place in Space*. Counterpoint, 1995.

Duplessis, Rachel B. *Purple Passages: Pound, Eliot, Zukofsky, Olson, Creeley, and the Ends of Patriarchal Poetry*. University of Iowa Press, 2012.

Edwards, Robin. "Anne Waldman on Her book, Gaossamurmur, and Keeping the World Safe for Poetry." *Westword.com*. Denver Westword, 5 Aug. 2013, www.westword.com/arts/anne-waldman-on-her-book-gossamurmur-and-keeping-the-world-safe-for-poetry-5811363.

Fletcher, Angus. *A New Theory For American Poetry: Democracy, the Environment, and the Future of Imagination*. Harvard University Press, 2004.

Gander, Forrest & Kinsella, John. *Redstart: An Ecological Poetics*. University of Iowa Press, 2012.

Garrard, Greg. *Ecocriticism, The New Critical Idiom*. Routledge, 2004.

Glück, Louise. *The Wild Iris*. HarperCollins, 1992.

——, *Poems 1962-2012*. Farrar, Straus and Giroux, 2012.

——, *American Originality: Essays on Poetry*. Farrar, Straus and Giroux, 2017.

Gosman, Uta. *Poetic Memory: The Forgotten Self in Palth, Howe, Hinsey and Glück*. Madison: Farleigh Dickinson University Press, 2012.

Grace, Nancy M. and Johnson, Ronna C., ed. *Breaking the Rule of Cool: Interview and Reading Woman Beat Writers*. University Press of Mississippi, 2004.

Haraway, Danna J.. *Staying with the Trouble: Making Kin in the Chthulucene*. Duke University Press, 2016.

Harrison, DeSales. *The End of the Mind: The Edge of the Intelligible in hardy, Stevens, Larking, Plath, and Glück*. Routledge, 2005.

Heise, Ursulak.. *Sense of Place and Sense of Planet: The Environmental Imagination of the Global*. Oxford University Press, 2008.

Hillman, Brenda. *Cascadia*, Wesleyan University Press, 2001.

——, *Extra Hidden Life, among the Days*, Wesleyan University Press, 2018.

Hirshfield, Jane. *The Ink Dark Moon: Love Poems by Ono no Komachi and Izumi Shikibu, Women of the Anciant Court of Japan*. Vintage, 1986.

——, *After*. Haper Collins, 2006

——, *Come, Thief*. Bloodaxe Books, 2012.

——, *Ten Windows: How Great Poems Transform the World*. Knopf, 2015.

——, *Ledger: Poems*. Knopf, 2021.

引用文献・資料

1　英語書籍、論文、インタヴュー記事

Abram, David. *The Spell of The Sensous*. Vintage, 1996.

Bate, Jonathan. *Romantic Ecology: Wordsworth and the Environmental Tradition*. Routledge, 1991.

——, *The Song of the Earth*. Picador, 2000.

Beck, Ulrich. *Risk Society: Toward a New Modernity*. Translated by Mark Ritter. SAGE Publication, 1992.

Berg, Peter, ed. *Reinhabiting A Separate Country: A Bioregional Anthology of Northern California*. Planet Drum Foundation, 1978.

Bishop, Elizabeth. *The complete poems*. Farrar Straus & Giroux, 1969.

Brainard, Joe. *I Remember*. Granary, 2001.

Bryson, Scott. J. *Ecopoetry: A Critical Introduction*. The University of Utah Press, 2002.

Buell, Frederick. *From Apocalypse to Way of Life: Environmental Crisis in the American Century*. Routledge, 2003.

Buell, Lawrence. *The Environmental Imagination: Thoreau, Nature Writing, and the Formation of American Culture*. Belknap, 1996.

——, *Writing for an Endangered World: Literature, Culture, and Environment in the United States and Beyond*. Belknap, 2001.

——, *The Future of Environmental Criticism*. Wiley-Blackwell, 2005.

Cavalieri, Grace. "In the Magnificent Region of Courage: An Interview with Loue Glück." Beltway Poetry Quarterly, 2006, washigtonart.com/beltway/gluckinterview.html.

Clark, Timothy. *The Value of Ecocriticism*. Cambridge, 2019.

Davidson, Michael. *The San Francisco Renaissance: Poetics and Community at Mid-century*. Cambridge University Press, 1989.

——, *Guys Like Us: Citing Masculinity in Cold War Poetics*. University of Chicago Press, 2004.

Dickinson, Emily. *The Poems of Emily Dickinson*. 3 vols. Ed. Thoman H. Johnson. Belknap, 1995.

Dungy, Camille T. *America, We Call Your Name: Poems of Resistance and Resilience*. Sixteen Rivers Press, 2018.

ラ行

ワ行

タ行

サ行

カ行

索引

高橋綾子（たかはし　あやこ）
1970年生まれ。兵庫県立大学教授。著書に『ゲーリー・スナイダーを読む——場所・神話・生態』（思潮社、2018）。共著に *Thoreau in the 21st Century Perspectives from Japan*（金星堂、2016）、『知の新視界』（南雲堂、2003）。訳書に『現代アメリカ女性詩集』（小川聡子との共訳、思潮社、2012）等がある。クリタ・水環境科学研究優秀賞受賞（公益財団法人クリタ水・環境科学振興財団、2010）。国際文化表現学会賞（国際文化表現学会、2020年）。

アンビエンス――人新世(じんしんせい)の環境詩学(かんきょうしがく)

著者
高橋綾子(たかはしあやこ)
発行者
小田久郎
発行所
株式会社 思潮社
〒一六二―〇八四二 東京都新宿区市谷砂土原町三―十五
電話〇三(三二六七)八一五三(営業)・八一四一(編集)
FAX〇三(三二六七)八一四二
印刷所
創栄図書印刷株式会社
発行日
二〇二三年三月三十一日